双葉文庫

蘭方医・宇津木新吾

奸計

小杉健治

目次

蘭方医・宇津木新吾　奸計

第一章　悪の印

一

文政《ぶんせい》十一年（一八二八）七月。残暑は厳しいが、陽差しも一頃から比べたら柔らかくなり、庭から入って来る風にも秋の気配が感じられた。

きょうも常磐《ときわ》町二丁目にある村松幻宗《むらまつげんしゅう》の施療院は患者でいっぱいだった。待合の大広間に入りきれず、廊下にまで患者があふれていた。

よれよれの継《つ》ぎ接《は》ぎだらけの着物の患者が多い。貧乏人は体の具合が悪くてもなかなか医者にはかかれないのだが、ここは薬礼《やくれい》がいらないので貧しいひとたちがたくさんやって来る。

宇津木新吾《うつぎしんご》が次に迎えた患者は板吉《いたきち》という三十六歳の男。大柄でがっしりした体だ。

「どうも」

板吉が目の前に座り、左腕を突き出した。

「どうですか」

板吉の腕の包帯をとりながら、新吾はきく。

「へえ。おかげでだいぶ痛みも引いた」

板吉は色が浅黒く、切れ長の目尻がつり上がって、険しい顔をしている。永代寺門《えいたいじもん》前仲町《ぜんなかちょう》にある『山平屋《やまだいら》』という古着屋の食客として離れにいる。

火鉢の炭をおこしていて、誤って燃えた炭を腕に落として火傷《やけど》を負ったということだった。かなり酷《ひど》い火傷だったが、すぐに水で冷やしたので大事にはならなかった。

火傷の跡は一寸（三・三センチ）四方である。皮膚が水ぶくれになり、周囲は赤くなっていた。

「だいぶいいですね」

新吾は傷口を見て言う。火傷を負ったのは十日前で、ここにはひとりで歩いてやって来た。血の気を失っていたが、気丈だった。

傷口に幻宗が調合した薬を塗る。

享保《きょうほ》年間から本草《ほんぞう》学者により各地で採薬がはじまり、和薬改会所《わやくあらためかいしょ》が開設されることによって薬用植物が民間でも栽培出来るようになった。

この時期に本草学が発展し、さらにオランダ薬学書が入って来て、薬学は大いに発展してきた。そんな中で、幻宗は独自の薬の調合をしている。

「先生はここに長いんですかえ」

板吉が辺りを見回してきく。幻宗と見習い医の棚橋三升《たなはしさんしょう》の三人で患者を診ていた。

「四月《よつき》ぐらいです」

新吾は二十二歳。長崎遊学を終えて江戸に帰り、ここで働き出していた。

昼まで自宅である小舟町《こぶなちょう》の順庵《じゅんあん》の医院で療治を行い、それから幻宗のこの施療院にやって来る。

「若いのにてえしたもんだ」

膏薬《こうやく》を貼り、包帯を巻く。

「もうしばらくは激しい動きは控えてください」

新吾は板吉の腕に包帯を巻きながら言う。

「先生」

板吉が声をひそめてきく。

「岡っ引きの欣三《きんぞう》があっしのことをききにきませんでしたかえ」

欣三は、深川《ふかがわ》界隈を縄張りとしている岡っ引きだ。

「欣三親分が？ いえ」

「そうですか。すいません、へんなことをきいて」

板吉はぺこんと頭を下げた。

火傷は腕の裏側、関節の上だ。燃え盛る炭を誤って落としてしまったというが、新吾は信じていない。何度か押しつけたような形跡があった。

ひとにやられたのか、自分でやったのか。しかし、不思議なのは着物の袖が焼けていないことだ。袖がどうしてめくれていたのか。新吾はそれ以上に深い詮索はしなかった。また、する必要はなかった。

だが、欣三の名を口にしたことで、改めて火傷のもとが気になった。

「なぜ、欣三親分は板吉さんのことを？」

新吾はきいた。

「いえ、なんでもねえんで」

板吉は言おうとしなかった。

板吉は頰《ほお》から顎《あご》にかけて鋭く尖ったような顔だちで、切れ長の目にはどこか冷え冷えとしたものが感じられる。

堅気《かたぎ》の人間ではないようだ。そのことと左腕の火傷が結びつくと、あることが想像されるが、新吾には関係ないことだ。自分はただ火傷を治してあげるだけだ。

「じゃあ、先生」

板吉が袖を下ろして立ち上がった。

「また明後日」

新吾は次回の予定を言う。

「へい、わかりました」

板吉が引き上げると、すぐに新しい患者がやってきた。

新吾は七十俵五人扶持の御徒衆《おかちしゅう》田川源之進《たがわげんのしん》の三男であった。家督は長兄が継ぎ、次兄は他の直参に養子に行った。

新吾は幼少のときより剣術と同様に学問好きであった。町医者の宇津木順庵に可愛がられ、乞われるようにして養子になった。そして、養父順庵は新吾を長崎に遊学させてくれたのだ。

長崎では吉雄権之助《よしおごんのすけ》に師事をした。吉雄権之助は長崎通詞の吉雄耕牛《こうぎゅう》の妾《めかけ》の子だが、父耕牛のあとを継ぎ、家塾『成秀館《せいしゅうかん》』で蘭語と医学を教えた。新吾はそこで五年間修業を積んだのだ。

権之助の父耕牛には多くの門人がおり、江戸蘭学の祖と言われた杉田玄白《すぎたげんぱく》もそのひとりで、幻宗もまた耕牛の私塾で修業を積んで来た人間だと、権之助から聞いている。新吾が幻宗を知ったのは、江戸に帰るときに師の吉雄権之助から預った、あるものが縁だった。

新吾は江戸に帰って実家の医院を手伝うことになっていた。もちろん新吾もそのつもりでいたが、いよいよ江戸に帰るという前日に、権之助から幻宗宛の手紙を託された。そのことが、新吾の運命を変えたといってよかった。

その手紙を届けに行き、幻宗と会って、新吾は幻宗の医者としての姿に惹かれた。はじめて幻宗の施療院を訪ね、軒下に『蘭方医幻宗』と書かれた木切れのかかった家を見たとき、新吾は目を疑った。掘っ建て小屋と見紛う大きな平屋だった。施療院だとは信じられなかった。

だが、その粗末な建物こそ、幻宗の医者としての姿勢を示していた。

外は薄暗くなってきた。この日の最後の患者は風邪を引いたという年寄りだった。が、元気に孫《まご》の自慢話をひとくさりして満足そうに引き上げた。

なにしろ、ただなのだから、ちょっとしたことで患者はやってくる。今の年寄りも話し相手が欲しかっただけなことはわかっていた。

孫は駒込《こまごめ》のほうに住んでいて、めったに会えるわけではない。だから、寂しいのだ。そういう患者の話し相手になってやるのも幻宗の勧めだった。

幻宗の前にはまだ最後の患者がいた。日傭取《ひようと》りの権太《ごんた》だ。頬がこけ、首も腕も細くなっていた。話し声が聞こえてくる。

「先生。もって、あとどのくらいでしょうか」

施療道具を片づける新吾の手が止まった。

「もって、あとひと月だ」

「ひと月ですかえ」

権太は苦笑し、「まだ、歩ける。飯だって食える。それなのに、あとひと月ですかえ」

と、納得出来ないように言う。

「残念ながら、そうだ。あと半月もすれば歩けなくなる。今のうち、外の景色をよく見ておくがいい」

「へえ、わかりました」

権太は腰を浮かしかけて、またおろした。

「先生。今のうちに何かしておきたいのですが、何かありませんかねえ」

「いま、やっている」

「えっ？」

「今のままでいい。十分だ」

「でも、あっしは何もしちゃいませんが。最後に何か、ひとさまのお役に立って死にてえと思っているんですが」

権太が縋《すが》るように言う。

「精一杯生きている。最後の最後までちゃんと生きようとしている。死が迫っているのに、そなたは自棄《やけ》になったりしない。私はそなたを尊敬している」

「尊敬しているですって。先生、冗談はやめてくださいな」

権太は大仰に手を横に振った。

「冗談なんかではない。命が尽きるまで、与えられた命を大事にしている。わしだったら、うろたえ、周囲のものに当たりちらし、顰蹙《ひんしゆく》を買うに違いない」

「……」

「そういう心持ちでいられるのは、そなたがお天道様《てんとう》に恥じない生き方をしてきたからだ。確かに、暮らしは貧しかったかもしれない。だが、金持ちになるより、はるかにそなたは立派に生きてきた。だから、尊敬していると言っているのだ」

「先生」

権太は涙ぐんだ。

「今のまま、そのままで最期を迎えてもらいたい。それが、周囲のものにどんなに勇気を与えるか」

幻宗ははっきり言う。

「先生にそう言っていただけてうれしいぜ。俺は生きてきたって思える」

新吾は今のやりとりに馴染めなかった。幻宗は本気で言い、権太は本心を口にしたのだろうか。

死ぬ前に何かしたいと権太は言った。だったら、何か出来ることを見つけてやったほうがいいのではないか。そう思った。

権太は何度も頭を下げながら引き上げた。

幻宗はその日の診察を終えると、いつものように濡縁《ぬれえん》にしゃがんで酒を呑みはじめた。

浅黒い顔で、目が大きく鼻が高い。三十六、七。豪快なようでいて、じつに繊細だ。

「先生」

新吾はそばに腰をおろした。

「患者に死期を知らせるべきなのでしょうか」

少し語気が強かったのは、自分は納得できないという気持ちをこめていた。

「ひとによる」

幻宗はあっさり答えた。

「権太の場合はどうして知らせてもいいと思ったのでしょうか」

酒の入った湯呑みを口に運んでから、「権太は人生に失望していた」

と、幻宗は苦い顔で言う。

「失望ですか」

「そうだ。俺の人生はつまらないものだった。生涯、貧乏暮らしで、所帯を持つ甲斐《かい》性《しょう》もない。こんな人生は早く終えてしまいたいと権太は口にしていた。だから、自分からいつ死ねますかときいてきた。自分で死ぬ勇気がないから、早く病気で死にたいんだとね。死期を告げたのは、権太を生かすためだ」

「生かす?」

「そうだ。おまえの人生は決して無駄ではない、意味があったのだと気づかせてやっただけだ」

幻宗は大きく息を吐き、「常々言っていることだが、医者は病気に対して無力だ。

わしは権太の病を治すことが出来ない。なんて無力かと歎《なげ》く。せめて、澄んだ気持ちで死なせてやりたい。それだけだ」

新吾は幻宗の施療院を出た。仙台袴《せんだいばかま》で腰に愛刀の大和守安定《やまとのかみやすさだ》を差している。小名木《おなぎ》川にかかる高橋《たかばし》を渡りながら、医者は無力だという幻宗の言葉をかみしめていた。これから医学が進歩しても病気がなくなることはないだろう。不治の病の患者は澄んだ気持ちで死なせてやる。新吾は改めて医師という役を担ったものの重さを感じ取っていた。

シーボルトからは学ぶことの出来ない生きた現場での医者の姿勢を、新吾は幻宗から教えられた。

幻宗の施療院にやってきてもっとも驚いたことは患者から薬礼をとらないということだった。患者から金を得なければ、施療院を持ちこたえていくことは出来ない。だから、貧しい患者はただで診るが、金持ちからはたくさんとる。そうやって施療院を続けているのだと思った。

ところが、金持ちもただで診ていると聞いてびっくりした。それで、なぜ金持ちからも薬礼をとらないのかと幻宗にきいた。

医者は、患者の貧富、あるいは貴賤《きせん》を考えてはならぬ。金持ちから金をとればどうなるか。金を出したほうからすれば、金を出さない患者と同じ扱いでは面白くないだろう。当然、自分の治療を優先せよとなる。それが人間の情というものだ。それでは、平等には出来ぬ。施療に順序をつけるしたら、病気の内容だ。緊急を要するものから手当をする。

幻宗はそう語った。新吾は反発した。それは理想であっても、現実には施療院の維持はどうしていくのですか。

すると、幻宗は新吾に台所に行けと言った。貧しいものは金を払えない代わりに野菜や食べ物などを持って来てくれる。自然な感謝の気持ちだ。金持ちは感謝の気持ちを金銭で与えてくれる。もちろん、何もしない者が多い。だからといって、差別することはない。

金をとらないぶん、患者は感謝の気持ちを何らかの形で示そうとする。感謝の気持ちは貧富に関係なく、みな同じだ。ただ、金のあるなしで、その表し方が違うだけだ。

もちろん、新吾は幻宗の崇高《すうこう》な考えに心を打たれたものの、それだけで幻宗のもとで働きたいと思ったわけではない。

はじめてここに手紙を届けにきたとき、刀で斬られた男が運ばれてきた。その男に施術する鮮やかな腕に、新吾はたちまち幻宗の虜《とりこ》になった。

自分が目指す医者の姿こそ、まさに幻宗だと思ったのだ。

しかし、実家の医院も手伝わなければならず、新吾はふつかに一度、昼過ぎから幻宗の施療院で働くということで、義父順庵と折り合いをつけたのだ。

こうして幻宗のところで働きながらいろいろなことを学んだ。

幻宗は言う。医者はまだまだ無能だ。助けられない患者が多い。助けることが出来ないのなら、その分、生かしてあげるのだ。生かすとは何かと、新吾はきく。死を迎えるまで、生きているという手応えを味わわせてやるのだ。

医者の役割は病気を治すだけではない。いい死に方が出来るように手をかしてやる。それが私の考える医者の使命だと言った。


新吾は幻宗を知って、長崎遊学で学んだ以外のことをたくさん教えてもらった。ことに、医者は無能であることをまず悟れ。その言葉が胸に突き刺さった。

権太を生かすために死期を知らせたと、幻宗は言った。確かに、権太は晴々とした表情で引き上げて行った。

しかし、死は怖いはずだ。ひとりぽっちで死んで行くのは寂しいはずだ。さっきのような晴々とした気持ちを死ぬまで持ち続けていられるのだろうか。

わからない。新吾はこの施療院にきてから何人ものひとの死に接した。みな、安らかに死んで行ったはずはない。

新吾は権太を最後まで見届けたいと思いながら、仙台堀を上ノ橋《かみはし》で渡り、佐賀町《さが》に入る。油堀《あぶらぼり》に近づいたところで、ふいに目の前に現われた男がいた。新吾は驚いて足を止めた。

「あっ、欣三親分」

「驚かせてすみません」

岡っ引きの欣三だった。

「すみません。待ち伏せていたんじゃありません。たまたま先生をお見かけしたので、お話を伺いたいと思いまして」

とっさに板吉の顔が脳裏を掠めたが、新吾は相手の出方を待った。欣三は四十過ぎ。病的に痩《や》せた男だ。頰《ほほ》がこけて、目がぎらついている。

「先生のところに板吉って男が通ってますね」

欣三が蛇のような不気味な細い目を向けた。

「ええ。それが?」

用心深くきき返す。

「先生が、板吉を受け持っているときききましたが？」

新吾の問いかけを無視して、欣三がまたきいてきた。

「そうです」

「板吉は火傷をしたそうですが、傷はどうなんですかね」

やはり、火傷のことだ。

「かなりひどい火傷でした」

「じゃあ、元がどうなっていたかわからないんで？」

「元？」

「へえ。火傷の前の腕の様子です」

蛇のような細い目が鈍く光った。

「様子って言いますと？」

「たとえば、何か痣《あざ》があったとか」

「痣ですか。わかりません。皮膚は焼けただれていました」

「そうですかえ。で、どうなんですかえ。燃え盛った炭が腕に落っこちたぐらいで、
そんなに焼けただれるものですかえ」

「火のついた部分が皮膚にくっつき、すぐに離れなかったのかもしれません」

「つまり、ちょっと触れた程度の火傷ではないってことですね」

また、欣三の目が鈍く光った。

「はっきりおききしますが、自分でやったとは思えませんか」

「自分で？」

新吾は息を呑む。確かに、そう感じたのは事実だ。

「いえ、そこまでは考えていません。治すほうに専念していますから」

「そうですけ」

欣三はにやりと笑った。

「親分。板吉さんに何かあるんですか。あの火傷に何か」

新吾は微かな胸騒ぎがした。

「いえ、なんでもありません。お呼び止めしてすみませんでした」

欣三が頭を下げて、仙台堀にかかる橋の手前を大川《おおかわ》と反対方向に歩きだした。

唖然《あぜん》と後ろ姿を見送っていて、欣三が立ち止まったのに気づいた。おやっと思っているると、欣三が腰を下ろした。うずくまったようだ。

新吾はあわてて駆け寄った。欣三は咳《せ》き込んでいた。

「親分、どうしました？」

新吾は声をかける。

「なんでもありません」

欣三が顔を上げた。しかし、顔色は悪かった。

「ときどき咳き込むことがあるんです。いつものことでして、すぐ治まりますから」

そう言いながら、欣三は立ち上がった。

少しよろけたが、欣三は踏ん張った。無理しているように思えた。

「こういうことがときどきあるんですか」

新吾は少し強い口調できいた。

「ええ」

「どこか痛みは？」

「いえ、息が出来なくなるだけです」

「ちょっと診ましょう」

病的に瘦せていることも気にかかる。

「なあに、すぐ治まるんで。だいじょうぶです」

新吾を振り払うようにして、欣三は去って行った。ときたま、激しく咳き込むのは肺に異状があるのかもしれない。新吾が見ているせいか、欣三は今度は達者な歩き方で去って行った。

欣三の姿が見えなくなった。欣三の体はふつうではない。だが、こっちがいくら言っても聞き入れてくれそうになかった。

諦《あきら》めて足の向きを変え、新吾は仙台堀を越えた。永代橋に差しかかったころから、今度は欣三の問いかけが気になった。

板吉の火傷についてしつこくきいていた。火傷前の腕になにがあったのか。

新吾はあの火傷は誰かに焼けた炭を押しつけられたか、自分で押しつけたかのいずれかだと思っている。

誰かに押しつけられたとしたら、仲間から懲《こ》らしめのためにやられたのだろうし、自分でやったのなら何かを消したかったのだ。

消したいものといったら入れ墨だろうか。板吉は入れ墨者、つまり前科者なのかもしれない。

しかし、いくら前科者だろうが、いまはまっとうになっている。何も悪さをしていないのに追い回すのはいかがなものかと、新吾は暗い気持ちになりながら、永代橋を渡り、小舟町二丁目の家に向かった。

二

翌朝、新吾は庭に出て木剣を五百回振り、さらに真剣での素振りを二百回続けた。日課である。もともと剣客であるが、医者としての過酷な毎日をこなすためには頑健な心身に鍛える必要がある。

井戸で汗を拭き、台所に行くと、御味御付《おみおつ》けのいい匂いが漂っていた。

朝餉《あさげ》のとき、義父の順庵が、「新吾。漠泉《ばくせん》さまが近々、おまえに来てもらいたいそうだ。ゆうべ顔を出したら、そんなことを言っていた」

と、目を細めて言う。

上島《うえしま》漠泉は表《おもて》御番《ごばん》医師である。表御番医師は江戸城表御殿に詰めて急病人に備えた。三十名いるうちのひとりが上島漠泉で、いずれ奥医師になるだろうと言われている。奥医師とは将軍や御台所、側室の施療を行う医師である。

「なんでしょうか」

新吾は首を傾《かし》げた。

「さあな」

順庵がにやついたのは香保《かほ》とのことだと思ったからだろう。

新吾の長崎遊学にかかる金が上島漠泉から出ていたことを知ったのは江戸に帰ってからだった。

順庵にはある目論見《もくろみ》があった。そのことを教えてくれたのが漠泉の娘香保だ。初対面の新吾にずけずけと言った。

「私が新吾さまと所帯を持てば、父の引きで順庵さまは御目見《おめみえ》医師になられるはず。そしたら、新吾さまなら御目見医師から御番医師になるのも夢ではありませんもの。つまり、私はあなた方の栄達《えいたつ》の道具」

御目見医師とは大名の藩医、あるいは町医師から有能なものが選ばれ、公儀の御目見医師になる。御目見医師になれば、御番医師への道も開けるのだ。

だが、新吾は栄達に興味がなく、幻宗のように貧しいひとたちのために尽くす医師を目指した。香保にもはっきりとそのことを言った。

香保とて、他に好きな男がいるらしく、父親の漠泉に、自分には好きなひとがいるからと新吾との縁談をなかったことにして欲しいと伝えた。

しかし、その後、香保には好きな男がいないとわかったと漠泉は言ってきた。改めて香保とのことを考えてくれぬかと、漠泉が頭を下げてきた。

香保は見掛けは派手で、男たちとも遊んでいるような印象だったが、実際は違うことがわかってきた。

やはり、香保のことだろうか。いや、漠泉が香保のことでわざわざ新吾を呼びつけるだろうか。

「急いでいるのでしょうか」

「いや。漠泉さまは明日まで忙しいようだ。明後日以降ならいつでもよいとのことだ」

「わかりました」

「新吾、幻宗のところはどうだ？　相変わらず、患者から金をとっていないのか」

「はい。とりません」

「うむ。いったい、どこから金を得ているのであろうな」

ひとりごとのように、義父は呟《つぶや》いた。

幻宗に金主がいるのは間違いない。いくら患者が米や野菜を持ってきてくれても、それだけでは施療院を保っていけるはずがない。

「新吾はいつまで幻宗のところにいるつもりだ」

順庵がさりげない感じできいた。

「しばらくは……」

「そうか。でも、香保どのは何年も待ってくれまい」

「香保どのは……」

新吾は言いさした。

「香保どのがどうかしたのか」

「いえ」

「よいか。漠泉さまには一方《ひとかた》ならぬお世話になっている。そのことだけは忘れるな」

五年間の長崎遊学の掛かりをすべて漠泉が出してくれた。そのことを言っているのか。それとて、香保の婿《むこ》にすると親同士が勝手に取り決めたこと。そこには新吾の気持ちも香保の気持ちもなかった。

しかし、新吾は栄達を果たすために医者になるのではない。貧しいひとたちのために医者になるのだ。

だが、いまそれを言っても、順庵がわかってくれるとは思えない。ふつかに一度、幻宗のところに通うことを許してくれたのも、決して順庵が折れたわけではない。幻宗のところで数カ月でも医者をやっていれば、金のない苦労が身に沁みて、幻宗のもとから逃げてくるだろうと思っているからだ。

朝餉のあと、順庵は往診に出かけた。大伝馬町《おおでんま》にある大店《おおだな》の隠居のところだ。順庵は金持ち相手の医者なのだ。

金持ちしか相手にしないという評判が立っているせいか、順庵の医院には貧しい者はこなかった。いや、金を払えないので、来られないのだ。

その日は一日で七人の患者が来ただけだった。だが、薬礼が高いので、医院としての儲《もう》けはあった。

楽して金が稼げる。これで御目見医師になれば、もっと薬礼を高くとれ、さらに裕福な患者が増える。商売としてはありがたい話だ。しかし、これはなにも順庵がとりわけあくどいというわけではない。医者というものはそういうものなのだ。

御目見医師になって、大名や豪商の屋敷に出入りをして病を治せば、何百両という謝礼が懐に入るのは当たり前なのだ。

だが、新吾は眉をひそめた。自分が望む医者の姿ではない。早く、幻宗の施療院に行って、貧しいひとたちのために療治をしたかった。

翌日の昼、やっと自宅の医院から解放され、新吾は、永代橋を渡り、幻宗の施療院に向かった。

小名木川にかかる高橋に差しかかったとき、野袴に饅頭笠《まんじゆうがさ》をかぶった侍が橋を渡って来るのに出会った。

新吾は足を止めた。間宮林蔵《まみやりんぞう》だ。また幻宗のところに行って来たのに違いない。

間宮林蔵は伊能忠敬《いのうただたか》に代わって蝦夷《えぞ》地の探検を行い、日本地図の完成に力を貸している。間宮海峡を発見した人物としても名高い。

ただ、間宮林蔵は勘定奉行配下の隠密《おんみつ》なのだ。幻宗のところに頻繁に顔を出しているのも、その隠密としての役目のようだ。上島漠泉のところにも、新吾のところにもやって来た。何のためかわからないが、シーボルトに関わる者たちを内偵しているようなのだ。

新吾は長崎ではシーボルトの私塾『鳴滝塾《なるたきじゆく》』に顔を出した。そこは全国から医学・蘭学者が集まっていた。

シーボルトは、ドイツ南部ヴュルツブルクの名門の家に生まれ、ヴュルツブルク大学で内科・外科・産科の学位をとり、オランダ陸軍外科少佐に任官。その後、五年前の文政六年（一八二三）七月に、出島《でじま》商館医として長崎にやって来たのだ。

シーボルトは私塾『鳴滝塾』を作り、週に一度、出島から塾にやって来て医学講義と施療を行った。

長崎にはいくつかの医学塾があったが、その塾生も週に一度は『鳴滝塾』に行き、シーボルトの講義を受けた。新吾もまた『鳴滝塾』に通った。

シーボルトは彫りの深い顔で眼光鋭く、口のまわりや頰から顎にかけて立派な髭《ひげ》を生やしていた。三十そこそこだったが、新吾の目にはもっと年上に映った。そのシーボルトに絡む何かを、林蔵は調べているらしい。

橋の真ん中で、新吾と林蔵は鉢合わせをした。

「間宮さま。また、幻宗先生のところですか」

新吾は警戒ぎみにきいた。

「いろいろ教えを乞《こ》いに」

「シーボルト先生に何かあるのですか」

新吾は思い切ってきいた。

「何のことですか」

「シーボルト先生に関わるひとたちを調べているではありませんか」

「別に深い意味はありません」

林蔵は幻宗のこともよく知っていた。なにしろ、新吾は幻宗の素性をこの林蔵から教えられたのだ。

幻宗は松江《まつえ》藩の藩医の家に生まれ、長崎の遊学を経て、松江藩の江戸屋敷に住んだ。だが、御家騒動に巻き込まれ、幻宗は松江藩から出た。その後、幻宗は各地の山奥に入り込み、薬草を調べていたらしい。藩医をやめたあとの七年間、幻宗の行方が不明だったのは全国の山をまわっていたからだと、新吾は知った。

「幻宗先生とシーボルト先生の関係が何か問題なのですか」

新吾はなおもきいた。

幻宗は全国の山で採集し、まとめた薬草の記録を持って、二年前に江戸に来たシーボルトと会ったと、林蔵は言った。

「新吾どのが気になさることはありませんよ」

林蔵は、新吾が長崎から持ち帰った吉雄権之助から幻宗に宛てた手紙の中にシーボルトの手紙が入っていたのではないかと気にしていた。

林蔵はいったい、シーボルトの何を問題にしているのか。問うても林蔵は答えてくれなかった。

新吾が持ってきた手紙にはシーボルトの手紙は入っていなかったが、吉雄権之助の手紙にはシーボルト先生からの言づけが記されていたと、幻宗は言った。そのことに林蔵は気づいているのか。

「では、失礼する」

林蔵は新吾の脇をすり抜けて行った。

新吾は気を取り直して幻宗の施療院に急いだ。


幻宗の施療院は相変わらず、患者がたくさん待っていた。

新吾は白い筒袖の着物と裁《た》っ着《つ》け袴に着替え、手を消毒して療治部屋に行く。一礼して部屋に入る。幻宗の助手を務めている見習い医の棚橋三升がほっとしたような顔をした。

三升は程度の軽い患者を診ることはあるが、負担は幻宗にかかる。新吾がやってくれば、よほど重症でない限り、新吾が診る。

幻宗の横の自分にあてがわれた場所に腰をおろし、診察をはじめた。

手伝いのおしんが患者を新吾に割り当てた。やって来たのは、喘息の八百屋の隠居だった。発作がなくてもやって来る。診てもらえば安心し、発作も起きない。気持ちの問題も大きい。

一度、おしんにきいたことがある。

「ただだから、それほどの症状でもないひとが気楽に来るんじゃありませんか。少しでも薬礼をいただけば、ほんとうに具合の悪いひとだけが来て、もう少し、治療も楽になるのではありませんか」

「私もそう言ったことがありますが、幻宗先生は医者と話に来るだけでもいいのだと仰《おつしや》いました。病は気からで、ここに来て安心することで病を予防できるからと」

事実、幻宗と世間話をするためにだけ来る年寄りも少なくない。だが、幻宗は話し相手になってやり、その合間に病にならないような暮らしの忠告をしてやるのだ。

何人目かの患者に火傷の治療の板吉がやって来た。

「だいぶ引きつるような痛みもなくなりましたが、火傷跡って醜いものですね」

板吉は自嘲《じちよう》ぎみに言う。

軟膏を塗りながら、新吾は二の腕を見た。入れ墨の刑を受けた者には腕に輪を描いたように入れ墨がされる。しかし、板吉の火傷は腕の裏側だけだ。

ひょっとして、佐渡帰りだろうか。佐渡なら、サの字がちょうど火傷の跡に入れられるだけだ。

佐渡金山の水替人足かもしれないと思った。

元和《げんな》、寛永《かんえい》のころに最盛期を迎えた佐渡金山はだんだん鉱脈が衰弱して産出量が減ってきた。そのために、さらに地表深く掘り下げねばならなくなり、すると地下水が湧いて掘鑿《くっさく》を困難にした。

そのために、湧き水を汲み上げなければならない。人足たちが桶で水を汲み出すのだ。

水はすぐ湧いてくる。暗い坑内で、大勢の人足たちが休みなく水を汲み出さねばならず、かなりの重労働だった。

その作業のために無宿人が佐渡に送られた。板吉はそんな中のひとりだったのだろうか。だが、佐渡帰りだとしても、罪を犯した者ではない。岡っ引きが付け狙うのは非道だ。

「欣三親分は相変わらず、つけまわしてくるのですか」

新吾はきいた。

「ええ、きょうも店の前で見かけました。いやな、野郎ですぜ」

「いつからですか」

「半月ほど前です」

「半月前？」

板吉が火傷をしたのは十二日前だ。

「なぜ、急に付け狙うようになったんでしょう。前からの知り合いだったのですか」

「いえ、違います。半月前に、八幡さまの前で……。いえ、いいんです。すみません」

あわてて、板吉が話を打ち切った。新吾はあえてそれ以上はきかずに、「もし、私に出来ることがあったら、なんでも仰ってください。出来ることはお力になりますよ」

と、親身になって言う。

「へえ、ありがとうございます」

板吉はぺこんと頭を下げた。

「はい。いいでしょう」

包帯を巻き終えて、新吾は言う。

「先生。こんな火傷を治してもらったのに、ほんとうにただでいいんですかえ。なんだか申し訳ねえ」

板吉は信じられないという顔をした。

「気にすることはありませんよ。幻宗先生のお考えですから」

「あっしらにはありがてえが、こんなんでこの施療院がやっていけるのか心配になってしまいますぜ。患者から薬礼をとらないことがもとで、この施療院が潰れでもしたらたいへんですからね」

「板吉さんがそんな心配することはありませんよ」

「きっと幻宗先生は金を持っているんでしょうね」

そのことには答えず、「次は四日後でいいでしょう」

と、新吾は言う。

「へい」

板吉が下がったが、新吾は板吉の言葉が耳に残った。

患者から薬礼をとらないことがもとで、この施療院が潰れでもしたらたいへんですからね。

幻宗の金主が誰か、新吾はかねてから気になっていた。

間宮林蔵は，眼科医で奥医師の土生玄碩《はぶげんせき》から金が出ていると言っていた。

一介の藩医から奥医師まで上り詰めた男だ。白内障の施術である穿瞳術《せんどう》を会得し、眼病を患うひとびとを治したために名声は高まり、江戸に下って大名の姫君の重い眼病を治してやったことが江戸中の大評判になった。引きも切らず患者は押しかけ、莫大な財産を築いた男だ。

シーボルトが江戸に来たとき、玄碩も宿を訪ねた。自分で考えついた穿瞳術のことを口にすると、イギリスの眼科医が考えついた施術方法と同じなので、シーボルトはたいそう驚いたという話が伝わっている。

玄碩の貯えは半端でないらしい。患者の薬礼を無造作に袋に貯め、その重さで床が抜けそうになったというほどだ。大名などにも金を貸しているという噂だ。

文化《ぶんか》十三年（一八一六）に法眼《ほうげん》に叙せられ、養子の玄昌《げんしょう》も西丸奥医師となっている。

土生玄碩の弱みを握って、幻宗は威《おど》して金を出させているのだ。林蔵はそう見ているのだ。

最後の患者が引き上げて、ようやくひと息ついた。

いつものように、幻宗は濡縁に座り、狭い庭を眺めながら、酒を呑みはじめた。しかし、急病人がやってきたら何も出来なくなるからと、呑むのは湯呑みに一杯だけだ。

病人に時間など関係ないと、幻宗は夜中の急病人にも備えている。いつも気を張っていては身も心もすりきれてしまうではないかと心配になるが、幻宗の体力には並外れたものがあった。

「先生、よろしいでしょうか」

新吾はそばに腰を下ろした。ここで休んでいるときが、幻宗とゆっくり話の出来る唯一の時間だった。

「なんだ？」

「岡っ引きの欣三親分をご存じでしょうか」

「以前に一度、御用のことで、わしに話をききにきたことがあった。欣三親分がどうかしたか」

「はい。一昨日の帰り、声をかけられました。板吉さんの火傷のことであれこれきいてきたのですが、引き上げるとき、欣三親分は息が出来なくなってうずくまったのです。ときたま、そういうことがあるそうです。親分はたいしたことではないと言うのですが、気になったものですから、どうしたらいいかと思いまして」

新吾はさらに続けた。

「それに、頬もこけて、痩せています。もともと、痩せた御方だったのでしょうか」

「いや、わしのところに現われたのは半年ぐらい前だったが、がっしりした体つきだった。そんなに痩せていたのか」

「はい」

「うずくまるほどに息苦しくなるというのはほうっておけぬ。欣三親分にここへ来るように言ったほうがいい」

「わかりました」

新吾は答えたあとで、「また、昼間、間宮林蔵どのがいらっしゃったようですね」と、きいた。

「うむ」

急に幻宗は難しい顔をした。

「あの御方、何か企んでいるように思えてなりません。じつは、いつぞや家まで私を訪ねてきて、シーボルト先生とのことをきいてきました」

新吾は膝を少し進め、前のめりになり、「私が長崎から帰ったとき、権之助先生から幻宗先生宛の手紙を預ったと話したら、シーボルト先生からの手紙がいっしょではなかったかときいてきました。シーボルト先生に何かあるのでしょうか」

「……」

「シーボルト先生に関わる者たちを訪ね歩いています。何を考えているのか不安なのですが」

「あの者がシーボルトをどう見ていようが、気にすることはない。わしもそうだが、シーボルトの不利益になるようなことを、誰も話すはずはない。気にせずともよい。シーボルトはあとふた月もすれば任期が切れ帰国する。いずれにしろ、それまでの辛抱だ」

「そうですか。シーボルト先生は帰国なさるのですか」

新吾は安堵《あんど》した。

「それでは私は失礼いたします」

「うむ、ごくろう」

新吾は一礼して立ち上がった。

シーボルトが帰国すれば、林蔵が何を調べていても関係なくなる。新吾は安心して帰途についた。

三

翌朝、新吾はあとを順庵に頼み、上島漠泉の屋敷に向かった。

木挽《こびき》町にある漠泉の屋敷は門構えも立派で、看板も大きく、表御番医師の偉容を誇っているかのようだ。

訪問すると、澄ました顔で香保が出てきた。

「いらっしゃいませ」

「どうも」

目がくりっとしていて、含み笑いをしたような口許が妖艶で、まだ十七歳とは思えぬ色香があった。それだけ、遊んでいるのだろうと思っていたが、意外と実は純真な女だとわかってきた。

「どうぞ、お上がりになって」

「失礼します」

新吾は書斎に通された。はじめてここに通されたとき、新吾は棚に並ぶ書物を見て目を瞠《みは》った。

西洋医学書に西洋の本草書の翻訳本、さらに寛政《かんせい》年間に宇田川玄随《うだがわげんずい》が訳した『西洋医言』という和蘭対訳医学用語辞典、そして養子の当代一の蘭学者宇田川玄真《げんしん》が翻訳した『西説内科撰要』、『和蘭局方』、『和蘭薬鏡』などが揃っていた。

この宇田川玄真は江戸蘭学における大槻玄沢《おおつきげんたく》の後継者といわれている。その著『西説医範提綱釈義』中に記されている腺、膣、靭帯、膵臓、鎖骨などの身体各器官の用語は後世にまで通用し、さらに水素、酸素、窒素、炭素、曹達、青酸加里などの化学用語も訳していた。

「父が新吾さまにはここで待ってもらうほうがいいだろうと言ってました。では」

香保は出て行こうとした。

「香保どの」

新吾は呼び止めた。

「なんですの」

つんと澄ました顔を向けた。

「その……」

新吾は言いよどんだ。

「あら、ひょっとして、父がまた何か言いまして？」

「いえ、そういうわけでは……」

香保は新吾の前に戻って来て、「新吾さま。気にすることはありませんわ。新吾さまが栄達のために私と結婚するよう御方でないことは父にもよくわかったはず。ですから、ご自分の気持ちを堂々とお話しなさって」

「いえ、そうじゃない。私は……」

「新吾さま。私のことならお気がねなく。あら、父が参ったようですわ」

香保は漠泉がやって来るのが気配でわかるのだ。

やがて、漠泉がやって来た。入れ違いに、香保は出て行った。

新吾は漢泉と差し向かいになった。漢泉は細面の色白で、鼻が高く、唇が薄い。四十前後だ。漢泉が胸を反らして、見下すような目を向けてひとと接するのを、表御番医師という地位が尊大な態度をとらせているのかと思っていたが、それは新吾の偏見のようだった。

最初に出会ったときと同じような態度にも拘《かか》わらず、少しも尊大だとは感じなかった。

「どうだな。幻宗どののところは?」

漢泉がきいた。

「はい。いろいろな患者さんがいらっしゃっていて、学ぶことがたくさんあります」

「幻宗どのに巡り逢ったのは新吾どのには天運だったか、それとも……。いや、よそう。わしの愚痴《ぐち》になってしまう」

「……」

やはり、用件は香保のことだろうかと思った。

漢泉はちょっとためらったように開きかけた口を閉ざした。漢泉にしては珍しい。香保のことで何かあったのだろうかと、新吾は胸が騒いだ。

「間宮林蔵どののことだが」

漠泉は意外な名を口にした。

「先日、間宮どのが高橋景保《たかはしかげやす》どののことで私を訪ねてきたことを話したと思うが」

と、漠泉は切り出した。

「はい。お聞きしました」

高橋景保は幕府天文方兼書物奉行で、漠泉は景保の病気を治療した縁でご厚誼《こうぎ》を得ていると言っていた。

天文方は、天文・暦術・測量・地誌などの編纂《へんさん》する役目で、書物奉行は幕府の書庫を管理し、編集を行った。

高橋景保が父至時《よしとき》から天文暦学、地理学の教育を受けて、父の死後、若くして天文方になり、父の弟子である伊能忠敬の全国測量事業を援助し、『大日本沿海輿地全図《だいにほんえんかいよちぜんず》』を作製させた。

間宮林蔵も、景保の父至時の弟子だ。林蔵は、幕府の命で樺太《からふと》探検をし、踏査実測した結果をもとに、景保は樺太地図を作った。

「間宮どのは、景保どのとシーボルトとの関係を探っていた。景保どのにシーボルトから何か届いたか、逆に景保どのが何か贈物をしたかどうか。そのようなことをきいてきた」

漠泉は表情を曇らせ、「先日、景保どのと会う機会があり、間宮林蔵どののことを話した。そしたら、景保どのは顔色をお変えになった」

「どういうことでございますか」

「シーボルトに教えを乞うには、こちらからも見返りを出さねばならない。そのため、シーボルトの求めに応じてある品物を渡したそうだ」

「なんでしょうか」

「いや、新吾どのも知らないほうがいい」

「はい」

「間宮どのはそのシーボルトに贈った品物に関心をお持ちのようだ。念のために幻宗どのにそのことを話し、注意を呼びかけておいたほうがいい」

なぜ、林蔵が贈物のことを気にするのか。新吾にはよくわからなかった。が、それ以上に、幻宗を気にかけていることが意外に思えた。

「漠泉さまは、どうして幻宗先生のことを?」

「幻宗か……」

漠泉は目を細めて、「新吾どのが夢中になる幻宗という医者がどんな男か気になってな。少し調べさせてもらった」

「……」

「あの男はなかなかの気骨のある男だ。あのような男についていくのは新吾どののためになる。そう思ってな」

漠泉は笑ってから、「わしは新吾どのに香保を娶《めと》ってもらい、栄達の道を歩んでもらいたかった。だが、幻宗どのに心酔している新吾どのには栄達など関係なかった」

「私の長崎遊学の掛かりはすべて漠泉さまが出してくださったとのこと。そのことに感謝をいたしております」

「それは、私がそなたを香保の……」

漠泉は言葉を切り、少し迷ったように目を伏せてから腹が決まったように顔を上げた。

「じつは、きょう来てもらったのは香保のことだ」

「はい」

やはり、そうだったと、新吾は合点《がてん》した。

「そなたが香保との縁談に乗り気でないことはわかっていたが、こっちから申し入れたことゆえ、けじめをつけねばならぬと思ってな」

私は香保どのが嫌いなのではありません。嫁をもらって栄達を図ることが気に染まないだけなのです。思い切って、そう口にするつもりだった。だが、漠泉が先に思いがけないことを言い出した。

「香保を嫁にもらいたいという御仁がおられてな」

「えっ？」

新吾は息が詰まりそうになった。

「相手は桂川《かつらがわ》甫賢《ほけん》どのの弟だ」

「桂川甫賢さま……」

新吾は思わずその名を口にした。

桂川甫賢は大槻玄沢、宇田川玄随と並ぶ蘭学の大家である。もし、香保が嫁ぎ、桂川家と姻戚関係になれば、漠泉のさらなる栄達は間違いない。

「香保を気に入り、ぜひ嫁にと言ってきた。もちろん、最後は香保に決めさせるが、いちおうそなたにも話を通しておかねばならないと思ってな」

最初は香保との縁談を拒んできたのに、香保に新たな縁談の相手が現われたと知り、顔面から血の気が引くようになった。

「そうですか」

新吾は顔が引きつるのがわかった。

「香保のことでは、そなたによけいな重荷を背負わせてしまい、申し訳ないことをしたと思っている。こっちから願い出ておきながら引き下げるのはほんとうに心苦しい限りだ」

漠泉は苦しそうに言う。

「いいえ、私がいけなかったのです。でも、奥医師のご子息なら香保どのとお似合いかもしれません」

新吾は心と裏腹なことを言った。

「仮に香保が嫁に行ったとしても、そなたはわしの息子も同然。ここにある書物はいつでも読んでかまわん」

「ありがとうございます」

急な話に乱れた新吾の心はまだ平静にならなかった。

「よく、わかりました。どうぞ、お気兼ねなさらないように」

「うむ。これでわしも安心した。じつは近々見合いがあるのでな」

漠泉は安堵したように笑みを浮かべた。

「これから出かけなければならない。わしは先に失礼するが、ここの書物、読みたいものがあれば、自由にしなさい」

新吾に気を遣って、漠泉は出て行った。あれほど香保との縁談の解消を願っていたのに、いざそうなって新吾はすぐに立ち上がれなかった。

膝に置いた拳を握りしめ、叫びたい衝動をぐっと堪《こら》えた。己の心のありように戸惑い、うろたえた。

襖《ふすま》が開いて、香保が入って来た。

「新吾さま。どうなさったのですか」

「なんでもありません」

「でも」

香保はくすりと笑った。

「なにがおかしいのですか」

新吾はむっとした。

「父から聞いたのですね。そうでしょう」

「……」

「それで荒れていらっしゃる？」

「荒れてなんかいません。祝福しているのです」

「祝福ですって」

香保は目を丸くてして、「いやだわ。気が早くてよ。まだ、相手の御方には会っていないのに」

「でも、これから会うのでしょう」

「ええ、会います」

「……」

「どうなさったのですか」

「別に」

「そうでしょうね。新吾さまのお望みどおりになったのですから、今度は私のほうが祝福しないといけませんわね」

「望みどおり?」

「ええ、私との婚約解消」

「違う」

思わず叫ぶ。

「なにが違うんですか」

「私はただ栄達も望んでいないし、あなたを妻にして、栄達を果たしたなんて他人から思われたくなかった。決してあなたが嫌いなわけじゃない」

「嫌いじゃないってどういうこと？」

大きな黒目でじっと新吾を見つめた。

「それは……」

新吾は顔がかっと熱くなった。

いきなり、立ち上がり、「私はあなたが好きだ」

といっきに言い、香保を残して書斎を飛びだした。

新吾は漠泉の屋敷から逃げるように紀伊国《きのくに》橋までやって来た。そこで、立ち止まり、大きく息を吐いた。

俺はどうしてしまったんだ。俺の心はどうなっているんだと、新吾は胸が痛んだ。

最初の頃の香保は生意気でわがままな女のように思えた。初対面の男に対して臆することなく、ずけずけとものを言った。私はあなたの栄達の道具だと言い放った。二度目に会ったときは吉弥《きちゃ》というものと料理屋にいた。男の取り巻きがいっぱいいて、派手に遊んでいる。そんな感じだった。

だが、吉弥は男ではなく、芸者だと知った。そして、派手に遊んでいるように振る舞っていたが、実際は違った。

それどころか、栄達を望まないという新吾の気持ちを汲んで、香保は自分には好きな男がいると自分の父親に嘘をついて、新吾を縁組という束縛から解き放してくれようとした。

自分にとっては香保は大事な女だったのだ。それなのに俺は……。

だが、俺は幻宗のような医者になるのが夢なのだ。金や名誉のためではなく、貧しい人びとのための医者になる。そんな男の嫁になっても、いい暮らしは出来ない。幻宗の施療院にやってくる患者のように、香保がよれよれの継ぎ接ぎだらけの着物を着るような暮らしに堪《こた》えられるはずはない。

冷静になると、奥医師の伜《せがれ》の嫁になったほうが香保にとって仕合わせなのだとわかってきた。

所詮、ふたりは住む場所が違ったのだと、新吾は自分に言い聞かせた。目尻が濡れていたことに、新吾は気づいた。

四

翌日の昼過ぎ、新吾は幻宗の施療院に向かった。きょうは朝から風が強かった。この時間になっても、まだ治まらなかった。

施療院に着き、療治部屋に行ったが、幻宗や三升の姿がなかった。隣の施術部屋を覗くと、施術台に男が寝かされていて、幻宗が患者の腹部に縫合の針を当てていた。

湯の入った桶を持ったおしんが新吾の顔を見て、「誤って包丁をお腹に刺してしまったそうです」

と早口で言い、施術台に向かった。

新吾はすぐに着替え、手を消毒して控えた。

数人の男が施術台に横たわった怪我人の肩や手足をおさえつけていた。怪我人は職人のようだ。まだ若い。二十六、七歳ぐらいだ。

「先生。動かなくなった」

肩を押さえていた男が泣きそうな声を上げた。

「気を失っただけだ」

幻宗が鮮やかな手付きで縫合を終えた。

「あとを頼む」

幻宗は新吾に言い、施術台から離れた。

「はい」

新吾は幻宗と入れ代わって施術台に向かう。短時間でのきれいな縫合に感心しながら濡れた晒《さらし》で傷の周囲を拭く。

患部に化膿止めの薬を塗る。

怪我人の呼吸はだいぶ落ち着いてきた。

「もうだいじょうぶです」

新吾は言う。

「よかった」

男たちがほっとしたように言い、「先生、ありがとうございました」

と、ひとりが新吾に頭を下げた。三十ぐらいの男だ。

「幻宗先生の手当のおかげです。で、このひとは？」

「へい。亀助《かめすけ》です。あっしと同じ瓦職人です。あっしは基吉《もときち》と言います。この方々は亀助の長屋のひとたちです」

基吉と名乗った男はほかのふたりの男のことを話した。

「当分、安静にしていなければなりません。ここでしばらく養生することになるでしょう。お身内の方は？」

「こいつは独り者です。二親も兄弟もいません」

「そうですか。では、あとで、この方を向こうの部屋に運ぶのを手伝ってください」

新吾は基吉たちに言う。

手を洗って療治部屋に行くと、幻宗が呼んだ。

「亀助の傷は包丁が刺さったのだが、傷の周辺に細かいかすり傷があるのが気になる。転んだ拍子に刃物が突き刺さったにしては妙だ」

「ひょっとして、自分で刺したと……」

「わからん。気になるので、転んだときの様子をききだしてもらいたい」

幻宗は自害しようとしたと疑っているようだった。

「わかりました。基吉さんから事情を聞いてみます」

治療の合間に、新吾は施術室で寝ている亀助のそばに行った。

「どうですか」

新吾は亀助の額に手を当てる。

「まだ、熱はありますが、呼吸も落ち着いていますね」

「へえ。さっきまで苦しそうでしたが、いまはだいじょうぶそうです」

「では、向こうの部屋に移しましょうか」

施術台から戸板に移して隣の部屋に運んだ。

長屋の住人が引き上げ、基吉がひとり残った。

「基吉さん。ほんとうはなにがあったんですか」

新吾は改めてきいた。

「へえ、なにがでしょうか」

基吉がとぼけた。

「幻宗先生が、怪我の様子に妙なところがあると言ってました。転んだときの様子を聞かせていただけませんか」

「様子も何も……」

「ほんとうは自分で刺したのではありませんか」

「……」

基吉の顔色が変わった。

「どうなんですか」

「へえ」

基吉は俯《うつむ》いていたが、ふいと顔を上げた。

「そのとおりで」

「えっ？　やっぱり」

新吾は衝撃を隠せなかった。

「こいつには好きな女がいました。お出入り先の女中でした。亀助は所帯を持つ気だったんですが、じつは女は別の男の嫁になることになったそうです。へえ、亀助はふられちまったんです。それから、ずっと元気がなくて」

基吉は顔をしかめ、「今朝、普請場《ふしんば》に出てこなかった。そのうち出て来るだろうと思っていたんですが、四つ（午前十時）になっても出てこない。なんか胸騒ぎがして、親方に頼んで暇をもらい、亀助の長屋に行ってみました。そしたら、包丁で腹を刺した亀助が呻《うめ》いていたんです。で、あわてて、長屋のひとの手を借りて、ここに担ぎ込んだってわけです」

「そうでしたか」

「別に騙すわけじゃなかったんですが、自害しようとしたなんて、亀助のために言えませんでした」

基吉はしんみり言う。

「その女のひとがほんとうに好きだったんですね」

新吾は、香保のことを思いだしながら言う。

近々見合いがあると言っていた。桂川甫賢の弟であれば、香保の相手にふさわしい。

「女も女ですぜ。思わせぶりなことを言っていたんです。いや、あの女、両天秤《りょうてんびん》にかけていたんだ」

基吉は憤慨して言う。

「苦しんでいたんですね」

「ええ。一時は女を殺して自分も死ぬとまで思いつめていました。でも、まさか、こんな真似をするとは思いませんでした」

新吾はやりきれない思いで療治部屋に戻った。


その日の施療を終え、幻宗はいつものように濡縁に腰をおろし、おしんが酒を運んだ。

新吾は幻宗のそばに行く。

「先生。亀助ですが、転んだのではなく、自害しようとしたそうです」

「そうか」

幻宗は驚かなかった。

「先生はどうしてお気づきになったのですか」

「かすり傷のようなものはためらい傷だ。自害しようと思いつめてもいざ刃物を突き刺すとなると恐怖に襲われる」

「でも、断行してしまいました」

「いや。まだ、どこかに死への恐れがある。もし、本気で死ぬ気だったら喉を掻き切っていただろう」

「では、亀助はもうばかな真似はしないでしょうか」

「わからん。心の底ではほんとうは死にたくないと思っているかもしれない。だが、死神にとりつかれていたらまたやるかもしれない」

新吾ははっとした。

「理由はなんだ?」

幻宗がきく。

「女のことだそうです」

新吾は基吉から聞いた話を語った。幻宗は黙って聞いていただけで何も言わなかった。そのとき、ふと幻宗には許嫁がいたのではないか。そんなことを思った。

幻宗の施療院を出て、新吾は帰途につく。草むらから聞こえる虫の音が近づくと止み、遠ざかるとまた鳴きだした。

秋の気配が色濃くなっている。

小名木川から仙台堀を越え、油堀に近づいたとき、新吾は思いついて佐賀町の自身《じしん》番《ばん》に向かった。

玉砂利を踏み、自身番に顔を出した。狭い部屋で、月番の家主や店番の者が茶を飲んでいた。

「お訊ねします。欣三親分の住まいはわかりますか」

小肥りの家主が顔を向けて、「おや、確か幻宗先生のところの？」

と、厳しい顔になった。

「はい。宇津木新吾と申します」

「欣三親分、やっぱりどこか悪いんですか」

「いえ。どうして、そう思われたのですか」

「一度、道端で咳き込んで苦しそうにうずくまっているのを見たことがあるんです。ずいぶん痩せてきたし……」

やはり、周囲の者も欣三の体の異状には気づいていたようだ。

「欣三親分は施療院には通っていません。でも、私も注意をしておきます」

住まいだけではなく、欣三についていろいろきいて、新吾は自身番を辞去した。

欣三の住まいは佐賀町の小商いの店の並ぶ一角にあった。以前はかみさんに一膳飯屋をやらせていたが、三年前にかみさんが亡くなり、いまは店を閉め、ひとりで暮らしているという。

ひとりと言っても、欣三の手下がふたり住み込んでいて、欣三の世話をしているということだ。

新吾が格子戸を開けて呼びかけると、若い男が出てきた。色白のひょろっとした男だが、顎の下に切り傷があった。

「欣三親分はいらっしゃいますか」

「へえ。どちらさまで？」

「医者の宇津木新吾と申します」

「これは宇津木先生」

声が聞こえたのだろう、欣三が顔を出した。

「よくここがおわかりに？」

「自身番できました」

「そうまでして、いったいどんなご用件でしょうか」

「欣三親分。咳のほうはいかがですか」

新吾はきいた。

「咳ですか」

欣三はぽかんとした。

「ときどき、咳が出て息が出来なくなると言っていましたね」

「ああ、そのことですか。いえ、なんでもありませんよ。そんなことで、わざわざいらっしゃったんですかえ」

欣三は呆れたように言う。

「幻宗先生が一度、施療院のほうに来るようにとのことです」

「なんだ、先生」

欣三が苦笑をした。

「えっ？」

「あっしはまた、板吉のことで何かを知らせに来てきてくれたのかと思いましたよ」

「それは……」

そう勘違いされたのかと、新吾は当惑しながら、「一度、診てもらったほうがいいと思いまして」

と、口にする。

「なあに、だいじょうぶですよ」

「しかし」

「せっかくお寄りいただいたんです。どうですね、上がって行きませんか」

欣三が勧める。

「一度だけでも幻宗先生に診てもらったらいかがですか。なんともなければ、それで安心ですから」

「先生。あの咳き込みは癖《くせ》みたいなものなんです。心配するようなことはありませんよ。さあ、お上がりくださいな」

まったく意に介さない。新吾はもう少し話して説き伏せようと思い、「では、少しだけ」

と、腰から刀を外して部屋に上がった。

居間に通された。障子が開いていて、坪庭から涼しい風が吹き込んでくる。こおろぎの鳴き声が床下から聞こえた。

「残暑が治まってきました。夜になると風は涼しい」

長火鉢の前に座って、欣三が言う。

「ええ。もう秋です」

「どうぞ」

若い男が燗をした銅製《どうせい》のちろりを差し出した。

「こいつは手下の寛吉《かんきち》です。もうひとり、米次《よねじ》という男がいますがね、いま出かけています」

「ひょっとして……」

新吾は言いさした。

「なんですね？」

欣三の目が鈍く光った。

「いえ」

新吾は首を横に振った。板吉を見張っているのではないかと思ったのだ。

「そのとおりですよ」

「えっ？」

「先生が何をお考えになったかわかりますよ」

「……」

新吾が当惑していると、欣三が続けた。

「米次は永代寺門前仲町にある『山平屋』に行ってます」

「板吉さんは何をしたのですか」

「先生はあの腕の火傷をどうみますね」

「どうって……」

「事故だと思いますかえ。いいえ、あれは自分でやったんですよ。ふつうじゃ、あんな場所に火傷なんてしないんじゃないですか」

欣三は厳しい顔で言う。

「いつから板吉さんを？」

「半月前ですよ」

「半月前？」

板吉の話と符合《ふごう》する。

「ええ。八幡さまの前でふたりのならず者が『山平屋』の旦那に因縁を吹っ掛けたんです。ふたりともいかつい顔をしていました。それを板吉が助けたんですよ。あっしが駆けつけたのは、板吉がふたりを追い払ったあとでした。そのとき、左腕に包帯を巻いてあったのを見ましてね」

「入れ墨を隠していると思ったのですか」

「入れ墨？」

「そうです。入れ墨を焼いたと思っているのではありませんか」

それだったら違う。入れ墨は腕のぐるりに彫られている。だが、板吉のはそうではない。あるとすれば、佐渡帰りの印のサの字の入れ墨だ。

「違いますぜ。さあ、先生。一杯やってください。お話ししますから」

欣三が勧める。

「いただきます」

新吾は湯呑みを持った。

「板吉はそれが縁で『山平屋』の食客になった。でもね、あっしは腑に落ちねえんですよ。あのならず者」

「ならず者が？」

「ええ。板吉とぐるだったんじゃないかと思ったんですよ。もちろん、『山平屋』に入り込むためにね」

「まさか」

新吾は信じられなかった。

「『山平屋』の旦那の話では、下働きでもなんでもするからひと月ほど置いてくれって、板吉のほうから頼まれたそうです。これってちとおかしいと思いませんか」

「……」

「笹本《ささもと》の旦那から手札をもらって、あっしは十年前に下谷黒門町《したやくろもんちょう》からここにやって来たんです。それまでは、黒門の富蔵《とみぞう》という親分の下で働いていました」

笹本とは南町奉行所定町廻り同心笹本康平《こうへい》のことだ。

欣三はぐっと酒を呷《あお》って、「十二年前、池之端《いけのはた》仲町にあった古着屋に押込みが入った。三人組です。主人夫婦を殺し、おそでという娘を手込めにした。まだ、十六歳だ。非道な連中だ。おそでは自分を襲った賊の左腕に横に並んで黒子《ほくろ》が三つあったと、あっしに言った」

「その後、おそでさんは？」

新吾はおそるおそるきいた。

「ふつか後、不忍池《しのばずのいけ》に飛び込んで死んだ」

「……」

新吾は言葉を失った。

「あっしは絶対に仇《かたき》をとってやると死んだおそでに誓ったんですよ。それ以来、左腕に黒子のある男を捜し続けました。でも、見つからなかった」

欣三は悔しそうに歯嚙みしてから、「ところが、去年、米沢《よねざわ》町にある古着屋に押込みがあったんです。主人と番頭が殺され、五百両盗まれやした。そこの縄張りの岡っ引きから、左腕に横に並んで黒子が三つある賊がいたと聞いたんですよ。手代が見ていたんです」

欣三は息継ぎをし、「あっしはその手代に会いに行きました。手代が言うには顔は頰被りをしていてわからないが、大柄でがっしりした男だったということでした。あっしが、八幡様の前で見た男も大柄でがっしりしていて、そして左腕に包帯を巻いていた」

「でも、それだけではなんとも言えないのではありませんか」

新吾は異を唱える。

「じゃあ、なぜ、腕を焼いたんですかえ。あっしが付け狙っていることに気づいてあわてて企んだんです」

欣三はむきになったように、「奴は左腕の黒子を手代に見られていたことに気づき、包帯で隠していた。ところが、あっしに目をつけられたので、あわてて火傷で黒子を消したんです」

「……」

「先生。奴の、奴らの今度の狙いは『山平屋』だ。どういうわけか、奴らは古着屋ばかり襲う。仲間の誰かが古着屋でひどい仕打ちを受けたことがあるとか、一時古着屋に奉公をしていたことがあるとか。いや、もちろん、古着屋以外でも押込みをやっているのかもしれないが……。いずれにしろ、八幡さまの前であの男に出会ったのは何かのお導きだったに違えねえ。自害した娘のためにも、必ず板吉を獄門台に送ってやる」

欣三は息巻いたあと、突然、咳き込んだ。体を丸めて、激しい咳をしている。

「欣三親分」

新吾はあわてて腰を上げた。

「だいじょうぶだ。いつものやつだ。しばらくじっとしていれば、じきに治まる」

欣三は喘《あえ》ぎながら言う。

寛吉は馴れているのか、欣三が苦しんでいてもただじっとしているだけだった。

無理にでも、幻宗のところに連れて行きたかった。だが、やがて欣三の咳が治まってきた。

「一度、幻宗先生に診てもらいましょう」

「そんな必要はありませんぜ」

新吾の勧めをやはり欣三は拒んだ。

「寛吉。そろそろ、米次と交代してやれ」

欣三は米次に言う。

「へい」

「じゃあ、私も引き上げます」

新吾は立ち上がった。

「そうですかえ。先生も何か板吉のことでわかったら教えてくださいな」

新吾は外に出た。

油堀のそばで待っていると、寛吉が家から出て来た。

「寛吉さん」

新吾は呼び止めた。

「あっ、先生ですか。なんですね」

「欣三親分の様子はふつうじゃありません。ぜひ、幻宗先生に診てもらうように説き伏せていただけませんか」

「だって、親分はだいじょうぶだって言うんですぜ。それに、あっしらの言うことを聞くようなお方じゃありません」

「そこをなんとか」

「難しいですぜ」

寛吉は苦笑してから、「じゃあ、あっしは急ぎますんで」と、門前仲町のほうに小走りに去った。

秋の夜風がひんやりと顔に吹きつけた。

五

ふつか後、幻宗の施療院に着いた新吾は、まず亀助が寝ている部屋に行った。基吉はいなかった。

亀助は気弱そうな目を天井に向けていた。新吾がふとんのそばに腰を下ろすと、目だけをこっちに向けた。

「どうですか」

「……」

唇が微かに動いたが、聞き取れなかった。

「傷口をみましょう」

傷跡に当てた晒をとる。傷口は見事に縫合されていて、幻宗の腕の確かさに新たな感動を覚えながら消毒し、薬を塗る。

「なんで死なせてくれなかったんですかえ」

天井に目を向けたまま、亀助はつぶやくように言う。

新吾はどきっとした。

「手当なんていいんです。何もしないで放っておいてください」

亀助は声を振り絞って言うが、力がなかった。

「私は医者です。医者は病気や怪我を治すのが仕事ですからね」

「俺は死にたいんだ」

「死んだらおしまいですよ」

「おしまいにしたいんだ。生きていたってしかたねえ」

「どうしてですか」

「俺なんかいたっていなくたって同じだ。誰も泣いてくれるものはいねえ」

「基吉さんは？　基吉さんはずっと看病してたんですよ。あなたをここに連れて来たのも基吉さんです」

「……」

晒をあてがってから、「あなたを必要としているひとはたくさんいるのです。そのひとたちを悲しませることだけはしないでください」

亀助の目が濡れていた。

「新しい生き方を見つけたらいいかがですか」

「そんなものありゃしねえ。きのうと同じ朝が来て、きのうと同じ夜が来る。また、朝が来て、同じことの繰り返しだ。

傷に障《さわ》ったのか、亀助は呻いた。

だが、疲れてきたらしく、目を閉じておとなしくなった。

新吾は療治部屋に戻り、通いの患者の施療をはじめた。背中に腫れ物が出来た年寄りや転んで足をくじいた婆さん、風邪を引いた患者など入れ代わり立ち代わりやってきて、夕方まで目のまわるような忙しさだった。

最後の患者が引き上げたあとで、新吾は表情を曇らせた。

「きょうは、板吉さんは来ませんでしたか」

診察の助手を含め雑用までひとりでこなすおしんにきいた。

「来ませんでした」

「そうですか」

来ないというのは火傷もだいぶ治癒しているからであろう。ただ、来たら傷跡をもう一度、よく見てみようと思った。もう、痕跡はないかもしれないが、三つ並んだ黒子があったのか。

欣三は『山平屋』が狙われていると言っている。もっとも、それは板吉が離れに入り込んだことからの想像だ。

新吾は療治部屋を出て、着替えを済ませた。

「新吾さま。先生がお呼びです」

おしんが知らせに来た。

「すぐ、伺います」

新吾は施療衣を畳んでしまってから、幻宗がくつろいでいる濡縁に向かった。

「お呼びでしょうか」

「欣三親分は来そうもないようだな」

幻宗が大きな目を向けてきいた。

「はい。まったく聞き入れようとしてくれません」

「気になる。だましてでもここに連れて来るのだ」

「だまして？」

新吾は幻宗の気難しそうな顔を見た。

「だましようはあるはずだ。板吉のことで話があると言えば、すぐ飛んでこよう」

「しかし」

「欣三のためだ。だましたことはあとで謝ればいい」

「わかりました。では、明日」

「いや、いまからだ。早い方がいい」

「わかりました。行ってきます」

新吾はすぐに出かけた。


欣三の家に行くと、ちょうど欣三が帰って来たところで戸口の前でばったり会った。

「これは先生じゃありませんか。板吉のことで何か」

欣三は皮肉そうに言った。連れているのは痩せた長身の男だ。米次だろうと思った。

きょうは、寛吉が板吉を見張っているようだ。

「板吉のことで、幻宗先生がお話ししたいことがあると言ってました」

胸にちくりと痛みが走ったが、欣三を施療院に来させるためには仕方ないと思った。

一瞬、欣三は疑り深そうな顔をしたが、「わかりました。すぐお伺いいたしましょう」

と、応じた。

米次に家で待つように言い、新吾についてきた。

「きょう板吉は治療に来ましたかえ」

途中、欣三がきいた。

「いえ」

「そうでしょう。じつはつけていたのですが、小名木川を越えて本所《ほんじょ》のほうに向かう途中、撒《ま》かれてしまいました。弥勒《みろく》寺の境内に入ってそのまま裏門から抜け出たようです」

「……」

「とにかく奴の動きは怪しいんです」

「怪しいと言いますと？」

「奴はどこかで仲間と会っているんです」

そう決め付けていいのかと思ったが、言い合いになっても困るので、新吾は堪えた。

欣三を幻宗の前に連れていくことが狙いなのだ。

高橋を渡り、常磐町二丁目の角を曲がる。

八百屋、惣菜屋、米屋など小商いの店は板戸を閉め、通りは暗いが、やがて淫猥《いんわい》な雰囲気の場所に出た。狭い間口の二階家が並び、戸口に女が出て客を呼び寄せている。安女郎《やすじょろう》のいる店だ。

その一帯を過ぎると、幻宗の施療院が現われた。

「さあ、お上がりください」

新吾は欣三を招く。

欣三は一瞬臆したように立ち止まった。何かを察したのだろうか。

「宇津木先生。なんだか……」

そこに幻宗が出て来て、「欣三親分、待っていました。さあ、どうぞ」

と、有無を言わさず上がらせた。

欣三は苦笑して上がった。

療治部屋に連れて行くと、さすがに欣三も堪えきれなくなったようで、「ひょっとして、あっしを騙したんじゃありませんか」

と、むっとしたように言う。

「悪気があったわけではない。親分の体を案じてのことゆえ、許してもらおう」

幻宗はまったく動じなかった。

「さあ、親分。こうなったら、じたばたしないことだ」

「ちっ」

舌打ちして、欣三は幻宗の前に腰をおろした。

「親分が毎日忙しいことはわかる。だが、苦しいときは無理しないほうがいい」

幻宗はさりげなく切り出す。

「まあ、一時だけなので」

「激しく咳をするようになったのはいつごろからか」

「半年ぐらい前ですかね」

「半年前……」

幻宗の表情が厳しくなった。

「ちょっと、胸を開いて」

幻宗は欣三の胸に手を当て、指先で叩いたりしている。

「痰《たん》は？」

「最近、痰が出ます」

「血が混じっていることは?」

「……」

「あるのか」

「ええ」

その後、幻宗は欣三を仰向けにさせ、腹部を押していった。

「痛え」

欣三が呻いた。

「ここが痛いのだな」

「へえ」

「普段はどうだ?」

「ときたま」

「ときたま痛くなるのか」

「そうです」

「そうか」

幻宗の表情が厳しいものになるのがわかった。

「いいだろう」

幻宗は声をかけた。

欣三は体を起こした。

「幻宗先生、あっしの命はあとどのくらいですかえ」

いきなり、欣三がきいた。

新吾ははっとした。幻宗は黙っていた。

「自分の体のことは自分でもわかります。じつはね、先生。あっしの親父も死ぬ間際は咳き込んで痰に血が混じっていたんです。症状がまったく同じなんですよ。近所の医者は労咳《ろうがい》だと見立てましたが、あれは藪《やぶ》医者でした。労咳は喀血《かっけつ》するんでしょう。労咳ではなかったけど、親父はやがて死にました」

「そうか」

幻宗は応じた。

「先生、あとどのくらいですかえ」

新吾は幻宗がなんと答えるのか気になった。

「半年ですか。半年は生きられませんか」

「まあ、わからん」

幻宗は首を横に振った。

「半年は無理なんですね。先生、正直に先生の見立てを仰ってくださいな。三月《みつき》ですかえ」

「いや」

「そんなに持たないってことですか」

欣三の声が震えた。

「動き回らず安静にしていれば三月は持とう」

「……」

欣三は声を失っている。

「先生。どうして、そんなことが言えるのですか。もっと診察してからでないと、はっきりしたことは……」

新吾は口をはさんだが、幻宗の厳然たる態度に口を閉ざした。

「もし、安静にしてなかったら、どのくらいで？」

「わからぬ」

幻宗は冷たく言い、「今日明日にも、ということもあり得る」

「困る」

欣三は悲鳴のような声を上げた。

「先生、今日明日は困るんだ。十二年前に押込みに手込めにされ自害に追いやられたおその仇をとってやらなきゃならねえ。やっと、板吉を見つけたんだ。押込み一味を獄門台に送るまで、あっしは死ねねえんだ」

「動き回るのは無理だ。死期を早めるだけだ」

「先生。お願いだ。俺は死ぬのは怖くねえ。いや、そう言ったら嘘になるが、覚悟は出来ている。だが、このままあの世に行ったら、おそでに合わせる顔がねえ」

欣三は鬼気迫る顔で、幻宗に訴えた。

「わかった。ひと月、そなたの命を守ろう。その代わり、毎日、ここに来るのだ」

幻宗は請け合った。

「へい、ありがてえ。ひと月あれば十分だ。必ず、仇を……」

欣三はうれしそうに言って引き上げて行った。

「先生。欣三親分はそんなに悪くなっていたんですか」

新吾は幻宗にきいた。

「思った以上に進行していた。最初に胸に出来た腫瘍が他にも出来ている」

「かえって、そっとしておいて知らぬままのほうがよかったのでしょうか」

「いや。欣三親分は自分の病を知っていた。あのまま動き回っていたら、あと半月足らずで動けぬ体になっていただろう。薬で、なんとかひと月生き長らえさせる。我らに出来るのはそれだけだ」

幻宗は言ってから、やりきれないように、「我らはなんと無力なのだ。こんなことで医者だと言えるのか」

と、自分を叱咤《しった》するように呟きながら療治部屋を出て行った。

このまま養生をし、三月生き長らえても、もはやそれは欣三の人生ではない。医者に出来るのは、欣三に悔いのないように死なせてやることしかない。それが、幻宗の考えなのだ。

悔いのない最期……。欣三が自分でも言っているように、おそでを凌辱《りょうじょく》して死に追いやった左腕に黒子のある男を捕まえることだ。

しかし、その男が果たして板吉なのか。もし、違っていたら、欣三は残された生をとんでもない過ちによって無駄にすることになる。また、板吉の人生をも踏みにじることになる。

そう思ったとき、新吾はじっとしていられなくなった。

第二章　口封じ

一

ふつか後、きょうは朝から雨が降り続き、夕方になっても止みそうになかった。最後の患者が引き上げ、新吾は微《かす》かにため息をついた。

きょうも板吉はやって来なかった。傷の経過がいいのだろうが、薬をちゃんと塗っておけば火傷跡の皮膚もきれいになる。途中で手当をやめてしまえば皮膚のひきつれも残ってしまいかねない。

欣三がここに顔を出すことになったのを知って避けはじめたのだろうか。その欣三はさっき幻宗のところにやって来ていた。

いま、幻宗は権太を診ている。といっても、権太はもはや手当を必要としない。ただ、痛みが少なくなるような薬を調合してやるだけだ。

施療道具を片づけ終えたとき、おしんが近づいてきた。

「亀助さんがお呼びです」

「わかりました」

新吾は立ち上がって亀助が寝ている部屋に行った。縫合施術の経過はよく、ほんど傷は塞《ふさ》がっていた。それほど深い傷ではなかったことも幸いした。自害しようとしたが、心のどこかには死の恐怖があったのであろう。

新吾は亀助の枕元に腰をおろした。

「亀助さん、何か」

「先生、どうやったら死ねますか。楽して死ねる方法はありませんか」

「また、そんなことを」

新吾は叱《しか》るように言う。

「だって、怪我が治ったって、気持ちは死んでいるんです。これじゃ生きていたって仕方ねえ」

「ちょっと待ってください」

新吾は断って立ち上がった。

療治部屋に行くと、ちょうど権太の診療が終わったところだった。

「先生」

新吾は幻宗のそばに行き、「権太さんに亀助さんの話し相手になってもらってはいけませんか」

去りかけた権太が振り向いた。

「亀助さんは生きる気力をなくしています」

「亀助は」

幻宗が権太の顔を見て言う。

「包丁で腹を刺し、自害しようとした。幸い、傷は浅く、大事にいたらなかったが、まだ死神にとりつかれている」

「いくつですかえ」

権太がきいた。

「二十八だ」

「まだ、若えのに」

「女のことだ」

「ざらにあることだ。よございます。少し話してみましょう」

「助かります」

新吾は権太を亀助のもとに連れて行った。

亀助が不審そうな目を権太に向けている。

「亀助さん。このお方は権太さんといい、ここに通い療治で来ています」

「権太だ」

名乗って、権太は亀助の枕元に座った。

「俺は四十二の厄年《やくどし》だ。まさに本厄でな」

「……」

亀助は怪訝《けげん》そうな顔を新吾に向けた。

「権太さんは悪疾《あくしつ》に罹り、もはや手の施しようもないんです。残りの命も限られているのです」

新吾が話す。

「あとひと月ってところらしい」

権太も受けて言う。

「えっ」

驚いたように亀助は目を見開いた。

「幻宗先生からはっきり言われたときは頭の中が真っ白になった。それから自棄になって周囲に当たり散らした。だって、そうだろう。俺は悪いことなんか何もしちゃいねえ。鋳掛《いか》け屋をやって、毎日こつこつ鍋、釜の修繕をして暮らしてきた。貧乏だが、お天道様に顔向け出来ねえことはしちゃいねえ。金があればちょっと酒を呑み、たまに夜鷹《よたか》を買いに行くだけだ。どうして、俺がそんな悪疾に罹らなきゃならないんだ」

内容は激しいが、権太の声は柔らかだ。

「俺はもがき苦しんだ。俺はひとりぼっちで生きてきた。家族がいるわけじゃねえ。泣く人間がいるわけじゃねえ。俺が死んだって誰にも気づかれねえ。それでも、死ぬってことに納得出来なかった。俺には何もいいことなんてなかった。いいことがないまま、死んで行くことが我慢ならなかった。だが、幻宗先生がこう仰った。いいことが何もなかったというが、生きていることこそがいいことなんだ。それが大事なんだと。じゃあ、それが打ち切られてしまうんだ」

亀助はじっと権太の顔に見入っている。

「死が訪れるのは運命だ。天が定めたことで、誰が悪いわけではない。そうはいっても納得はいかねえ。そうだろう。だって、俺はもっと生きたいんだ。生きていたって何もたのしいことはないかもしれねえ。それでも、俺は生きていてえんだ。わかるかえ、俺の気持ちが？　俺は何も特別なことを頼んでいるわけじゃねえ。ただ、生きてえ。それだけだ」

権太は覗き込むように亀助に顔を近づけ、「亀助さん。あんたに頼みがあるんだ」と、権太が口調を変えた。

「頼み？」

「そうだ。聞くところによると、おまえさん、自分の命がいらないらしいじゃねえか」

「……」

「どうだ、そんないらない命なら俺にくれねえか」

「えっ」

亀助は当惑したようになった。

「俺はもっと生きていてえんだ。毎日、朝陽を浴び、風を受け、厳しい仕事のあとに安酒だがうまい酒を呑みてえ。そういう暮らしがしてえんだ。だから、おめえの命を俺に譲ってくれ」

「そんなこと出来やしねえじゃねえか」

亀助は顔を歪めた。

「そうよな。出来っこねえな。おめえの命はおめえだけのものだ。俺がいくら泣いて頼んでも、仮にどんな金持ちが金を積んでもおめえに命をもらえるわけはねえ」

権太は苦笑し、「俺がいくら死にたくねえって騒いだってどうしようもねえんだ。もし、死神ってのがほんとうにいるなら、頼んでみるんだがな」

「そんな苦しい世でも生きていてえのか」

亀助がきいた。

「ああ、苦しいっていうが、そればかりじゃねえ。いいことだってそれ以上にあるんだ。おめえさんにだって、そうだろう。生きているだけで、こんなに仕合わせなことはねえ。おっと、詰まらねえ話をしちまったな。どうでい、また来ていいか」

「ああ」

「そうか。なにしろ、俺はお迎えを待つだけだから毎日退屈なんだ。じゃあ、また寄らせてもらうぜ」

権太はよろけるように立ち上がった。

「権太さん。ありがとうございます」

新吾は廊下まで出た。

「いや、こっちこそ、礼を言わしてもらうよ。なんとか、あの男に生きる気力を取り戻させてやりてえ」

権太を見送ってから入院部屋に戻ると、亀助は目を見開いて天井を見つめていた。新吾は声をかけずに、そのまま部屋を出た。

新吾は幻宗の施療院をあとにした。唐傘《からかさ》を差し、高下駄《たかげた》を履いている。激しかった雨が小降りになっていた。道はぬかるみ、あちこちに水たまりが出来て、歩くのに難渋した。

新吾が高橋を渡った頃には雨も止んでいた。そのことが、門前仲町に足を向ける決心を促《うなが》した。唐傘を閉じて、歩きだす。風に乗ってどこぞの料理屋から三味線の音が聞こえてきた。

門前仲町にやって来た。古着屋の『山平屋』はすでに大戸が閉まっていたが、潜り戸から手代らしき男が顔を出した。

「すみません」

新吾は声をかけた。

「私は蘭方医の幻宗先生のところの宇津木新吾と申します。離れにお住まいの板吉さんにお会いしたいのですが、お取り次ぎ願えますか」

「板吉さんですか。少々、お待ちを」

手代は店の土間に消え、しばらく待たされた。欣三親分の手下の寛吉か米次がどこかから見張っているのかもしれないと思いながら、辺りを見回した。

しかし、見張っているのは裏口だろうと思いなおす。

手代がようやく戻ってきた。

「お待たせいたしました。板吉さんはいまお出かけのようです」

雨の中を出かけたのか。

「いつごろ戻るかわかりませんよね」

「はい」

「わかりました。また、出直します」

板吉がどこに出かけているのか気になったが、傷のほうはだいぶよくなったのだろう。だが、それは痛みだけのことで、このままなにもしなければ火傷跡が消えなくなってしまう。

新吾は一ノ鳥居をくぐって黒江町《くろえ》から永代橋に向かった。大川は闇に沈んでいる。

雨上がりに、かなたに町の灯が輝いている。

永代橋を渡り、鎧《よろい》河岸を通り、小網《こあみ》町二丁目から思案《しあん》橋に差しかかったとき、東《ひがし》堀留川《ほりどめ》の親父《おやじ》橋付近に提灯《ちょうちん》がたくさん揺れているのに気づいた。

新吾は無意識にうちに足を向けた。

人だかりの中に、南町定町廻り同心の津久井半兵衛《つくいはんべえ》の顔があった。野次馬の肩ごしに、横たわっている男が見えた。

堀から引き上げられたのか、それとも雨に濡れたのか。莚《むしろ》がかけられたのを見て、新吾は近づくのをやめにした。息があるなら手当をしようと思ったが、もう医者の出番はないようだ。

家に足の向きを変えたとき、微かな声が耳に届いた。

「旦那。こいつは欣三親分のところの寛吉って手下ですぜ」

新吾の足が止まった。

それから、すぐに足早になって、野次馬をかきわけて前に出た。

「津久井さま」

「おや、新吾どのか」

津久井半兵衛とは以前に上島漠泉に引き合わせてもらった。

「欣三親分のところの寛吉さんて聞こえましたが？」

「ご存じなんですか」

「はい。ちょっと確かめさせていただいて構いませんか」

「ええ、どうぞ」

津久井半兵衛はあっさり言う。

新吾は倒れている男のそばに行った。

岡っ引きが莚をめくった。顎に特徴のある傷があり、寛吉に間違いなかった。胸を見て、新吾はあっと叫びそうになった。

心の臓辺りが赤黒くなっていた。刺されたのだ。

「どうですか」

津久井半兵衛がきいた。

「欣三親分のところの寛吉さんに間違いありません」

新吾ははっきり答える。

「どういう関わりなのですか」

「欣三親分がいま、幻宗先生のところに通っているのです」

「欣三が？　どこか悪いのか」

「ええ、咳が出るということで。で、いったい、何があったんでしょうか」

新吾はきいた。

「そこにある呑み屋の小女が寛吉らしい男が遊び人ふうの男のあとをつけていくのを見ていた。ただ、雨が降っていたので、遊び人の人相までは見ていなかった」

「そうですか」

新吾は心が沈んだ。

「で、欣三親分のところには？」

新吾はきいた。

「今、使いをやった」

新吾は隅により、欣三が駆けつけるのを待った。

寛吉は板吉のあとをつけていたのに違いない。板吉の仕業だろうか。いや、板吉が殺《や》ったと思うのが自然だ。

それにしても、板吉は雨の中をどこに行くつもりだったのか。

鎧河岸のほうから欣三と手下の米次が小走りにやってきた。野次馬をかき分け、ホトケのそばに駆け寄った。

新吾も近づく。

米次が莚をめくった。

「寛吉」

欣三がしゃがみ込んで憮然と呟いた。

「ちくしょう、許せねえ」

欣三が拳《こぶし》を震わせた。

「おまえの手下に間違いないか」

津久井半兵衛がきいた。

「間違いありません。寛吉です。身寄りのないやくざ者でしたが、足を洗わせ、面倒見ていやした」

「心当たりは？」

「ありやす」

「なんだ？」

「永代寺門前仲町に『山平屋』という古着屋があります。そこの離れに居候《いそうろう》している板吉って男を見張らせていました」

「詳しく聞こう」

津久井半兵衛は欣三と少し離れた場所に移動した。

板吉が殺ったのだろうか。新吾は信じたくなかった。津久井半兵衛と欣三がときたま新吾のほうに目をやった。

板吉の火傷のことを話していて、新吾の名が出たのだろう。やがて話し終えたあと、半兵衛は近寄ってきた。

「宇津木どのが板吉の火傷の手当をしたのですな」

「そうです」

「で、どうだったのですか。ひとり、殺されているんです。正直に答えていただきたい。火傷は自分でやったようでしたか」

「着物の袖は焦げてもいませんでした。火傷は一寸四方。自分でやったのではないかと思えます。でも、その前に何があったのかはわかりません」

「で、板吉の火傷はまだ?」

「痛みはだいぶひいたようですが、皮膚が元通りにはなっていません。ですが、この四日ばかり治療に来ていません」

「そうですか。また、お伺いにあがるかもしれません」

そう言い、津久井半兵衛は欣三とともに『山平屋』に向かった。

新吾は帰途についた。そろそろ四つ（午後十時）になる頃だった。

家に帰り、足を濯《すす》いでから部屋に上がった。

順庵が出て来て、「遅かったな」

と、声をかけてきた。

「すみません。ちょっとした騒ぎがありまして」

「夜、間宮さまがお見えになった」

「間宮さまが？」

「しばらく待っていたが、また出直すと言ってお帰りになった」

「そうですか。間宮さまが……」

なぜだろうか、なぜ、間宮林蔵がここにやって来たのか。シーボルトの帰国が迫っているることが、林蔵の動きを活発にさせているのだろうか。

いずれにしろ、幻宗に関わりのあることだ。新吾は気になった。

二

翌日、昼まで待ったが、間宮林蔵はやって来なかった。

板吉のことも気になる。まだ、傷は完全には癒えていないのだ。もし、板吉が寛吉と揉み合いになったのだったら、腕を激しく動かしたに違いない。せっかく、固まってきた傷跡がまた疼《うず》くようなことになりかねない。

いや、そのことより、板吉が寛吉を殺したのだとしたら、板吉はやはり欣三の言うように押込み一味の仲間ということになる。

じっとしていられなくなった。新吾は順庵のところに行き、「申し訳ありません。一刻（二時間）ほどお暇《いとま》をいただけないでしょうか」

「暇だと？」

順庵は眉根を寄せた。

「幻宗先生のところの私の患者の容体が気になるので様子を見に行きたいのです」

半分はほんとうのことだ。

「一刻だ。よいな」

「はい」

この医院は幸か不幸か、金のある者しか掛かれない。したがって、患者がそれほど多くない。

「すみません。では、出かけてまいります」

「あっ、間宮どのが参られたらどうするのだ？」

「八つ（午後二時）までには戻るとお伝えください」

間宮林蔵の用件も気になった。

新吾は家を出て、まず昨夜の寛吉の亡骸《なきがら》が見つかった親父橋の近くに行った。聞込みを続けているのか、町方の者らしい姿が目についた。

新吾は鎧河岸を通り、永代橋に向かった。もしかしたら、板吉はお縄になっているかもしれない。

新吾は焦りを覚えながら橋を渡り、一ノ鳥居をくぐって門前仲町にやってきた。

『山平屋』の店先に向かうと、店から欣三と米次が出てきた。

「親分。板吉さんは？」

「昨夜から帰ってねえ」

「帰ってない……」

「そうだ。逃げやがった」

欣三は悔しそうに言う。

「おそらく、付け狙っていた寛吉を殺してしまったことで、逃げるしかないと悟ったのだろう。早く、とっ捕まえておくんだった」

「荷物は何も残っていなかったんですね」

「ああ、何もない。もともと、荷物なんて持っていなかったがな。そうそう、こんなものが落ちていた」

そう言って、欣三は根付《ねつけ》を見せた。ずいぶん、汚れている。古いものだ。龍《りゅう》の根付だ。

「これは板吉さんのでしょうか」

新吾はためつすがめつ根付を見た。

「そうだ。『山平屋』の者にきいても知らないという。古いものだから捨てて行ったんだろう」

「そうですね。でも、なぜ板吉さんは寛吉さんを殺したのでしょうか」

「それは……」

気負い込んだ欣三の声が止まった。

「つけられていたことに気づいただけで殺したとは思えません。そもそも板吉さんはつけられていることを承知していたんじゃないでしょうか。欣三親分に目をつけられているというようなことを話していましから」

「きっと、仲間と落ち合ったんだ。そこを見られたので殺したんだ」

欣三は顔を歪《ゆが》める。

「じゃあ、板吉さんが殺したのではなくて仲間が殺したかもしれませんね」

「同じことだ。直接手を下したのが仲間だったとしても、板吉が殺ったことに違いねえ」

欣三は興奮したと同時に咳き込んだ。

「だいじょうぶですか」

「ああ、だいじょうぶだ」

咳はすぐに治まった。

「板吉とその一味を捕まえるまで、俺は死ぬわけにはいかねえんだ」

「昨夜、寛吉さんの姿を見ていた者は見つかっていないんですね」

「寛吉らしい男とすれ違った職人がいたが、寛吉かどうかもわからねえ。いってえ、何があったのかさっぱりわからねえ」

欣三は忌《い》ま忌ましげに言う。

「板吉さんの素性はわかったんですか」

「わからねえ。ただ、富《とみ》ケ岡八幡《おかはちまん》宮の近くに住んでいた誰かに会いに来たと、板吉は『山平屋』の旦那に話していたそうだ」

「誰かですか」

「ほんとうかどうかはわからねえ。ほんとうは『山平屋』の旦那と知り合う機会を窺っていたんだ」

「『山平屋』に押込むためですか」

「そうだ。押込みの一味はこれと同じ手を使ったことがある。今回も同じだ。だが、これで奴らは『山平屋』には押込めなくなった。だから、どこか別の場所に狙いをつけるはずだ」

そこをこれから探すのはたやすくない。そう思ったが口には出来なかった。

「今夜、よかったら来てやってくださいな。寛吉も喜びます」

通夜のことだ。

「わかりました」

欣三と米次は去って行く。後ろ姿には寛吉を失った悲しみと下手人に対する怒りが相俟《あいま》って表われていた。欣三の内部から何かが噴き出してきそうなほどに鬼気迫るものが感じられた。

新吾は迷ったが、思い切って『山平屋』の土間に入った。店の座敷では客が着物の柄を見ていた。

昨夜声をかけた手代がいたので声をかけた。

「おまえさんは昨夜の？」

「はい。板吉さんに会いに来た宇津木新吾です。ご主人にお会いしたいのですが」

「主人ですか」

手代はそばにいた番頭に確かめてから、「いまきいてきます。すみません、こちらでお待ちいただけますか」

と座敷の隅の壁際を示した。そこは客のいない場所だった。

手代は座敷に上がり、長暖簾《ながのれん》をかきわけて奥に入った。新吾は壁際で待った。店は客も多く、かなり繁昌《はんじょう》しているようだ。

しばらくして、恰幅《かっぷく》のいい四十年配の男が手代といっしょに出て来た。新吾は上り框《かまち》に寄った。

手代が年配の男に囁《ささや》く。頷《うなず》いて、男が新吾の前にやって来た。

「手前が山平屋忠兵衛《ちゅうべえ》ですが」

四角い顔で、眉毛が濃く、鼻が高い。えらがはっていて、少し威圧するような凄味が感じられた。

「お忙しいところを申し訳ございません。私は蘭方医の幻宗先生のところにいる医者の宇津木新吾です」

「板吉さんの火傷を治療なさった先生ですね」

山平屋忠兵衛は知っていた。

「ご存じでしたか」

「板吉さんからきいていました」

忠兵衛は穏やかな口調で答える。最初に感じた威圧するような印象は消えていた。

「板吉さんがそのような話を？」

「はい」

「さっき欣三親分さんがいらっしゃっていましたね」

「ええ、驚きました。まさか、板吉さんが押込み一味だなんて信じられません」

「昨夜から帰ってきませんが、どこへ行ったかわかりませんか」

「失礼ですが、なぜ、板吉さんを？」

忠兵衛は探るようにきいた。

「ご主人と同じです。板吉さんが押込み一味だとは信じられないのです。ただ、板吉さんは自分で左腕を焼いたと思っています。板吉さんの腕に何があったのだと思いますか」

「いつも布を巻いて隠していました。私は入れ墨だと思っていましたが、あえてそのことはおききしませんでした」

「前科者かもしれないと思ったのに、なぜ離れをお貸ししたのですか」

「板吉さんから頼まれたのです。しばらく置いてくれないかと。下男の仕事でもなんでもすると仰いましたが、奉公人は間に合っています。ただ、私を助けてくれた恩人ですので、しばらく離れで過ごしていただくことにしました。いずれ、どこか働き口を探して差し上げようと思ったのです」

「やはり、板吉さんのほうから頼み込んだのですね」

「そうです」

そのことも板吉を怪しくさせている。欣三親分が疑うのも無理はないかもしれない。

「欣三親分は、『山平屋』さんに言いがかりをつけた連中と板吉さんは示し合わせていたと考えていましたが？」

「そのようには思えませんでした」

忠兵衛は自信なさそうに答える。

「板吉さんを信じていたのですね」

「そうです」

店の中は適度な喧騒《けんそう》があって、隅での話し声は奉公人や客の耳に入る心配はなかった。

「離れに厄介になるのはしばらくでいいというのはどうしてだったんでしょうか」

新吾はさらに確かめた。

「ひとを捜している。ひと月捜して見つからなければ、他の土地に行くと言ってました」

「誰を捜していると？」

「女のひとだそうです。昔、八幡さまの近くに住んでいたそうです。それ以上の詳しいことはお話ししてくださいませんでした」

「いまは、板吉さんのことをどう思っていますか」

「わかりません」

忠兵衛は暗い顔になったが、「でも、信じたいという気持ちでいっぱいです」

と、自分自身に言い聞かせるように言った。

「離れには、板吉さんの荷物は置きっぱなしですか」

「いえ、荷物は何もありませんでしたから。欣三親分が離れを丹念に調べていましたが、住んでいた痕跡さえなかったと呆れていました」

「そうですか」

他に何かきかねばならないことがあるような気がしたが、八つまでに帰らなければならないのだ。

新吾は話を切り上げ、礼を言って、店を出た。

再び、一ノ鳥居をくぐり、永代橋に向かう。

板吉はやはり押込みの手引きをするために『山平屋』に入り込んだのだろうか。自ら頼み込んだことは、確かに怪しい。その上に、左腕の包帯。欣三親分が不審を抱くには十分かもしれない。

それでも、新吾には板吉をまだ信じたい気持ちが残っていた。


小舟町の医院に帰りついた早々、間宮林蔵がやって来た。

「少し、お話をしたい」

玄関の土間に立った二本差しの間宮林蔵は浅黒い精悍な顔つきで、有無を言わさぬように言った。

「どうぞ、お上がりください」

新吾は素直に応じる。

「失礼いたす」

腰から大刀を外し、右手に持ち直してから、林蔵は部屋に上がった。

新吾は客間で、林蔵と差し向かいになった。

「さっそくですが、幻宗どのの施療院は相変わらず、誰からも薬礼をとっていないのですね」

「はい。とっていません」

「薬礼をとらず、施療院が持ちこたえていけるわけを、幻宗どのにお訊ねになったことはありますか」

林蔵は新吾の目を鋭い目付きで見つめながらきく。

「きいたことはありますが、はっきりした返事はいただけませんでした」

「金主が土生玄碩どのではないかときいたことは？」

「いえ」

土生玄碩は眼科医で、芝《しば》の芝田《しばた》町にある大きな屋敷に住んでいる。一介の藩医から奥医師まで上り詰めた男だ。

「間宮さまは玄碩先生が幻宗先生のためにお金を出しているとお考えのようですが、それはまことでしょうか」

逆に新吾がきいた。

「前にも話したと思いますが、玄碩どのの蓄えは半端ではありません。幻宗どのの施療院のために金を出してもびくともしないでしょう」

「間宮さまは」

と、新吾は膝を進めた。

「玄碩先生が幻宗先生に金を出す理由について、気になることを仰っておいででした。まるで、幻宗先生が不当な手段で玄碩先生に金を出させているような口振りでした」

「……」

「今でも、そうお思いですか」

新吾は問い詰めるようにきく。

「反対におききいたします。土生玄碩どのがだまって幻宗どののいいなりになって金を出すと思いますか。聞くところによると、土生玄碩どのはかなりな締まり屋だとか。そのようなひとが、どうして幻宗どのに金を出すのか。その答えは一つしかありますまい」

林蔵は顔色を変えずに続ける。

「玄碩どのの弱みを握っている。そう考えれば、すべて説明がつきましょう」

「玄碩どのに弱みがあるのですか。それはいったい何なのですか」

「シーボルトが江戸に来たとき、玄碩どのも宿を訪ねた。自分で考えついた穿瞳術のことを口にすると、イギリスの眼科医が考えついた施術方法と同じなので、シーボルトはたいそう驚いたということだ」

その話は以前に林蔵から聞いた。なぜ、その話をするのか。やはり、シーボルト絡みなのか。

「そのことが何か？」

林蔵は首を横に振った。

「間宮さま。教えてください。間宮さまはシーボルト先生のことで何かを調べておいでのようですが、いったい何をお調べなのですか」

「今にわかりましょう」

「今に……？　どういうことですか」

シーボルトの帰国時期が迫っていると聞いたが、そのことに関わりがあるのだろうか。

「幻宗先生のところにはどんな御用がおありなのですか」

「金を出させる理由ですよ」

「金を出させる？　幻宗先生がですか」

「この話はやめにしましょう」

「いえ、気になります。教えてください。今までの間宮さまから伺ったお話をまとめてみますと、幻宗先生は、土生玄碩どのとシーボルトに関わる何らかの秘密を摑んでいて、そのことで玄碩どのを脅して施療院の金を出させている。そのように感じましたが?」

「まあ、いずれわかること。それより、問題はもし玄碩どのから金が流れなくなったら、幻宗どのの施療院がどうなるかです」

「……」

「そうなった場合、幻宗どのは他に手立てがあるのか。私はそのことを気にしているのです」

「玄碩どのに何かあるというのですか」

「私は施療院の先行きを心配しているのです。貧しい者たち、いやどんな人間からも薬礼はとらない。素晴らしいことだ。でも、それは最善の姿であろうが、どこかに無理があるはず。もちろん、金のことだ。当てにしていた金が入って来なくなったら、どうなるのか。幻宗どののことだ。そのことは百も承知と言うかもしれない。そう、幻宗どのの金主はひとりではないかもしれない。だから、ひとりがだめになっても、別のところから穴埋め出来る。そう考えているのかもしれない。しかし、そんなに幾人も金主がいるとは思えない」

いったい、林蔵は何が言いたいのか。

「私は幻宗どのの施療院を心配しているのです。玄碩どのから金が入って来なくても、立ち行くような手を今から打っておくように、あなたから幻宗どのにお伝えください」

「間宮さまは幻宗先生と山奥で知り合われたそうですね」

施療院の百味簞笥《ひゃくみだんす》には幻宗が自分で集めた薬草から作ったいろいろな種類の薬が入っている。

松江藩の藩医をやめたあとの七年間、幻宗は全国の山をまわって薬草を採集していた。探検家でもある間宮林蔵とはどこかの山奥で出会ったのだ。

「そう、それからご厚誼をいただいている」

林蔵はしらじらしく言うが、幻宗から林蔵の話を聞いたことはない。

「なぜ、間宮さまが直《じか》に幻宗先生にそのことをお伝えなさらないのですか」

「そうですな」

林蔵は微《かす》かに笑って、「土生玄碩どのに金を出させているなどと、幻宗どのが認めるはずはない。したがって、私の話を素直に聞くとは思えない。だが、新吾どのなら別だ。身内が心配するのは当然。新吾どのの言うことには耳を傾け、そして真剣になんらかの手立てを講じよう」

　いきなり、林蔵は立ち上がった。

「私の話はそれだけだ。施療院を守るために、早いとこ、手を打っておくべきだ」

「待ってください。手を打つというのは新たな金主に切り換えろということですか」

「そうです。しかし、玄碩どののような金持ちがいるかどうか。ならば、玄碩どのからもっとたくさん金を引き出すのも手かもしれぬ。いや、よけいなことを申しました。いずれにせよ、施療院の存続を願っておる。失礼」

　林蔵は勝手に部屋を出て行った。

　あわてて、新吾は林蔵を見送りに出た。

　新吾は林蔵が残した言葉が気になった。土生玄碩からの金の流れが断たれることを示唆していた。

　いや、そもそも、幻宗が弱みを握っていて玄碩に金を出させているということが事実かどうか。

　ただ、月に一度か二度、多三郎《たさぶろう》という胴長短足の暗い感じの薬売りの男が幻宗のところにやって来る。林蔵の話では、その多三郎は芝の玄碩の屋敷にも出入りをしていたという。林蔵は、その男が玄碩の使いで、施療院に金を運ぶ役目を負っていると見ていた。

多三郎から話を聞いてみたいと思った。

夜になって、佐賀町の欣三の家に行った。

ちょうど坊さんが引き上げたところだった。

寛吉の亡骸は奥の部屋ですでに座棺に納められていた。その前の小机の上で線香が煙を上げていた。

新吾は線香を上げ、手を合わせた。

「先生、こっちきて一杯やってくださいな」

欣三が声をかけた。

「はい」

隣の部屋に、欣三に手札を与えている南町同心の笹本康平が来ていた。

「宇津木先生、よく来てくれた」

笹本康平が言う。

「はい。一度、会っただけでしたが……。まさか、このようなことになるなんて」

「欣三から板吉の話を聞いたとき、もっと真剣になればよかったと悔いている」

笹本康平は口許を歪めた。

「旦那。それはあっしも同じだ。こんなに危険な奴だとわかっていたら、ひとりで危ない真似はさせなかったんですよ」

欣三は深く吐息をもらし、「俺より先に行っちまうなんて、ばかだぜ」

と、やりきれないように言う。

「必ず、板吉を見つけ出し、獄門台に送ってやる」

欣三は目を剝《む》いた。

新吾は板吉が寛吉を殺したとはどうしても思えなかった。だが、姿を晦《くら》ましているのは事実だ。なにもやましいことがないなら、姿を消す必要はない。

(寛吉さん。いったい、何があったんだ?)

新吾は座棺に向かって呼びかけた。雨の中、数人の男が寛吉に襲いかかる光景が脳裏を掠めた。そう思いたいという願望からか、その襲撃者の中に、板吉の顔を見出すことは出来なかった。

三

翌日昼前に診療を切り上げ、新吾はいつもより早く、家を出た。

永代橋を渡り、新吾は寄り道をする。行き先は富ヶ岡八幡宮だ。板吉の言《げん》を信じるならば、板吉は以前に八幡さまの周辺に住んでいた女を訪ねて行ったのだ。

だが、捜し出せなかったのだろう。しかし、板吉が捜していた女の名がわかれば、そこから手掛かりはつかめそうだ。

富ヶ岡八幡宮の近くの町家だとしたら永代寺門前町、永代寺門前東町、あるいは永代寺門前東仲町《ひがしなかちょう》か。

『山平屋』の前に差しかかったら、ふいに近づいて来た男がいた。

「宇津木先生」

痩せた長身の男だ。

「米次さん。どうしてここに?」

「板吉が『山平屋』に戻って来るかもしれないっていうんで見張っているんです」

「欣三親分は?」

「『山平屋』の旦那に因縁をつけたならず者らしいふたりを亀戸《かめいど》天満宮で見掛けたと聞いて、そっちを調べています。親分のそばにいたいんですが、なにしろ、寛吉がいなくなって手が足りねえんです」

「そうですか。欣三さん、体の方はどうですか」

「いまのところ元気です。寛吉の仇を討つことしか頭にないようです」

気が張っているんだと思った。

「宇津木先生はどうしてこちらに？」

「板吉さんは、以前に八幡さまの周辺に住んでいた女を訪ねていたそうじゃありませんか」

「いや、あれは板吉の言い訳だったと欣三親分が言ってましたぜ」

「欣三親分は板吉さんを最初から疑ってかかっています。そうだ、米次さん、一度、板吉さんがほんとうのことを話していたということで、八幡さまの周辺を調べてみませんか」

「でも……」

「欣三親分にばれたら私が謝ります」

「そうですね」

米次の心は動いたようだが、迷っている。

「ともかく、私は捜してみます」

米次を残して、新吾は先を急いだ。

まず、永代寺門前町の裏長屋に入り、路地をいくと井戸端で洗濯をしている女がいたので声をかけた。

「すみません」

「はい」

洗濯の手を止め、女が立ち上がった。丸顔の三十ぐらいの女だ。

「なんですか」

「はあ」

いざ問いかけようとして、きくことがあまりに漠然としていることに思い当たった。

「板吉って三十半ばぐらいの男がここに人捜しに来ませんでしたか」

苦し紛れにそうきいたが、わかるはずはない。

「何年か前にこの辺りに住んでいたひとを訪ねて来たのですけど」

「いえ」

手前の腰高障子が開いて年寄りが顔を出したので、女が年寄りに声をかけた。

「板吉って三十半ばぐらいの男が来たか覚えているかえ」

「いや、そんな者は見ねえ」

年寄りはあっさり首を横に振る。

その長屋を出て、次の長屋木戸を入る。

永代寺門前町から永代寺門前東町に向かった。同じように長屋木戸を入り、長屋の住人に板吉のことを訊ねた。

永代寺門前東町から永代寺門前東仲町に移動する。絵草子屋と荒物屋の間にある長屋木戸を入って、赤子を背負った女に声をかけた。

「板吉という三十半ばぐらいの色の浅黒い男が女の人を訪ねてきませんでしたか」

「ええ、来ましたよ」

「来ましたか」

思わず、新吾はほっとしたように声を上げた。

「誰を訪ねてきたのでしょうか」

「おのぶさんというひとです。でも、ここにはそんなひとはいません。そう答えました」

「そのひとはどうしました?」

「古くから住んでいるひとはいないかときくので、大道易者の一風堂《いっぷうどう》さんがそうだと教えてやりました。だから、一風堂さんが商売しているところに会いに行ったようです」

「一風堂さんはどこで商売を?」

「八幡さまの参道の途中ですよ」

「わかりました」

新吾は礼を言い、長屋木戸を出た。

やはり、板吉は女を捜していたのだ。

新吾は富ヶ岡八幡宮の参道に行き、易者の一風堂のところに行った。

筮竹《ぜいちく》が置いてある台の前で、髭面《ひげづら》の易者が暇そうにしていた。

「尋《たず》ね人でござるな」

前に立ったら、いきなり一風堂が口を開いた。

「おのぶという女です」

「おのぶさん？」

「先日、板吉という男が……」

「二十文いただきましょう」

一風堂は狡賢《ずるがしこ》そうな目を向けた。

「同じ長屋にいたのでしょう？　どこに越して行ったか聞いていたのではないのですか」

それだったら占いでもなんでもないと言おうとしたのだが、一風堂は筮竹を摑み、

「わしはいま商売の最中です。商売以外の問いかけなら長屋に帰ってからにしてもらいましょう」

と、涼しい顔で言う。

新吾は苦笑して二十文を出した。

一風堂は急に人懐《ひとなつ》こい顔になって、「おのぶさんは三年前に本所亀沢《かめざわ》町にある下駄問屋の主人の後添いになった」

と、言った。

「なんという下駄問屋ですか」

「『水戸《みと》屋』だ」

もっともらしく筮竹を使いながら言う。

「板吉という男にも同じことを？」

「さよう」

「板吉さんはどうしました？」

「後添いになったと言ったら、がっかりしていた。会いに行かない方がいいなと呟いておった」

「その男は左腕に包帯を巻いていましたか」

「ああ、茶色い布を巻いていた」

「そうですか。どうも」

新吾は引き上げた。板吉が会いに行ったかどうかわからないが、おのぶにきけば板吉の素性がわかる。

帰り、『山平屋』の前を通ったが、米次は現われなかった。新吾は周囲を見回したが、どこにいるかわからなかった。

まさか、板吉が現われたわけではあるまい。新吾は施療院に急いだ。

施療院に近づいたとき、前方からやって来る男を見てあっと声を上げそうになった。風呂敷包みを小脇に抱え、俯き加減にやって来る。胴長短足の暗い感じの男は薬売りの多三郎だ。

間宮林蔵の話では、多三郎は芝の土生玄碩の屋敷からやって来ているという。つまり、玄碩のところから金を運んでくるのだとみていた。

多三郎は新吾に気づいて軽く会釈をしてすれ違おうとした。

「多三郎さん」

新吾は呼び止めた。

「はい。何か」

「どちらにお住まいなのですか。いつもどちらから来られるのかと気になっていたので」

「私は牛込《うしごめ》のほうです」

「牛込ですか」

「はい。でも、あちこち出歩いておりますが。では、失礼します」

逃げるように、多三郎は離れて行った。

牛込と言ったのは芝のほうに目を向けさせないためだろうか。多三郎の後ろ姿を見送ったが、やはり謎の男だと思った。

施療院に着き、急いで着替え、手を消毒して療治部屋に行った。いつもより遅かったので、患者がだいぶたまっていた。

貧しいひとたちがここをよりどころにやってきた。噂《うわさ》をききつけ、かなり遠くからやってくる患者もいる。

こんなに患者が押し寄せるのは幻宗の腕のいいこともあるが、やはり薬礼がいらないからだ。

それが出来るのも、幻宗に金主がいるからだ。もし、その金主から金が入らなくなれば、たちまちこの施療院は立ち行かなくなる。

間宮林蔵が言うように、金主は土生玄碩なのか。なぜ、玄碩が幻宗に金を出すのか。

果たして、林蔵の言うようなことがあるのか。

診察の合間に、亀助の様子を見に行くと、権太が枕元にいた。亀助の顔に生気が見られたが、同時に権太のほうも生き生きとしていた。

夕方になって欣三がやって来て、幻宗の診察を受けていた。

新吾はおしんを呼び、「欣三親分に少し待ってくれるように言ってください。話があるんです」

と、言づてを頼んだ。

「わかりました」

おしんは幻宗のほうに向かった。

最後の患者の診察を終え、大広間に行くと、欣三がぽつんと待っていた。患者はほとんど引き上げていた。

「欣三親分、お待たせしました」

欣三はずいぶん痩せていたが、まだ気力に満ちていた。

「米次から聞きました。板吉が会いに行った女を捜そうとしていたと」

そうか、米次は新吾と別れたあと、欣三のところに走ったのだ。

「はい。やはり、板吉さんはほんとうのことを話していたのです。おのぶという女のひとを捜していたことがわかりました」

「おのぶ？」

「はい。どういう関係かはわかりませんが、東仲町の長屋におのぶは三年前まで住んでいたそうです。おのぶは三年前に本所亀沢町にある『水戸屋』という下駄問屋の主人の後添いになったということです」

「……」

「板吉さんはおのぶさんに会いに行ったんですよ。でも、おのぶさんはいなかった。その帰りに、八幡さまの前で『山平屋』の旦那がならず者に因縁をつけられているところに出くわし、助けに入ったんです」

「だが、板吉はそれを利用して『山平屋』に住み込んだのだ。押込みの手引きのためだ」

「親分」

新吾は欣三の思い込みを諫《いさ》めるように、「おのぶさんに会えば、板吉さんがどういう人間かわかるではありませんか。おのぶさんに会ってみていただけませんか。それに、板吉さんの行方もわかるかもしれません」

「確かにそうかもしれない。よし、明日にでも当たってみよう」

欣三は落ち窪《くぼ》んだ目を鈍く光らせた。

「親分。米次さんから聞きましたが、『山平屋』の旦那に因縁をつけたふたりのほうはどうでしたか」

「いえ、ふたりのならず者と聞いただけで行ってみましたが、違いました。あの界隈の地回りで、押込みなど出来るような連中ではありませんでした」

「そうでしたか」

「じゃあ、先生。あっしはこれで」

欣三は立ち上がった。

欣三を見送ったあと、新吾は濡縁で酒を呑んでいる幻宗のそばに行った。

「先生、板吉さんのことですが」

と、新吾は欣三に話したことをもう一度繰り返した。

「おのぶさんに会えば、板吉さんのことがわかります。欣三親分はさっそく明日、本所亀沢町の『水戸屋』におのぶさんを訪ねるそうです」

「うむ」

「それから……」

新吾は言いよどんだ。

「なんだ？」

幻宗が催促した。

「じつはきのう、また間宮林蔵さまが私を訪ねてきました。間宮さまはこの施療院の金主を気にしておりました」

「土生玄碩のことか」

幻宗が先に口にした。

「土生玄碩さまが先生の金主なのですか」

「早まるな」

幻宗がたしなめた。

「間宮どのの勝手な思い込みだ」

「では、土生玄碩さまが先生の金主ではないのですか」

「違う。土生玄碩どのがわしに金を出すはずがない」

幻宗は当惑した表情で、「あの男の考えは卑劣だ。わしから玄碩どのの弱みを引き出そうとしていた」

と、吐き捨てるように言う。

「間宮さまは、玄碩さまから金を引き出せなくなったら施療院はどうなるかと心配していました」

「金を引き出せなくなったら？」

幻宗の顔が厳しくなった。

「ばかな。シーボルトはもうじき帰国するのだ。そんなことが出来るはずがない。いったい間宮林蔵は……」

幻宗は珍しくうろたえたようにぶつぶつ言っていた。

新吾は刀を差し、施療院をあとにした。

小名木川にかかる高橋に差しかかったとき、三升が追ってきた。

「新吾さん」

新吾は足を止めて振り返った。

「何かありましたか」

わざわざ三升が追って来たことに新吾は不安を抱いた。

「いえ、そうじゃないんです」

三升は駒込町にある町医者の倅で、父親に幻宗先生のところで修業して来いと送りだされたのだ。

「さっきの幻宗先生との話が耳に入りました」

「話と言うと？」

板吉の話か、それとも……。

「施療院の金主のことです」

「ああ、そのことですか」

どちらからともなく、川辺に足を向けた。

「土生玄碩さまが金主というのは間違いないのでしょうか」

三升が不安そうな顔できく。

「いえ、間宮林蔵さまがそう仰っているだけです。幻宗先生は否定していました。三升さん、そのことで何か」

「先日、我が父が幻宗先生に挨拶《あいさつ》に参りました」

「そうですか。ちっとも知りませんでした」

「父が引き上げるとき、途中まで見送りました。その途中、父が私にこうききました。幻宗先生と土生玄碩さまはお親しいのかと」

新吾は緊張して、三升の続きの言葉を待った。

「なぜ、そのようなことをきくのかと問うたところ、玄碩どのが自分の財産を秘かにどこぞに移しているという噂をきいたと言うのです」

「財産を移す？　どういうことでしょうか」

「隠しているのです」

「隠す？」

新吾は動悸が速まった。

「なぜ、そのようなことをするのでしょうか」

「わかりません。父は知り合いの医者から聞いたそうですが、もしかしたら、玄碩どのに何か手落ちがあってお咎《とが》めを……」

「手落ち……」

「はい。その噂が真実かどうかわからないと言ってましたが、万が一のとき、幻宗先生にも影響が及ばないかと心配していたのです。幻宗先生は否定したということですが、ほんとうでしょうか」

「先生が嘘《うそ》を言うはずはありません」

そう言ったものの、新吾は薬売りの多三郎のことが気になる。多三郎が土生玄碩の屋敷にも出入りしていることは間宮林蔵から聞いたのだ。

「最近、なんだか胸騒ぎがするのです」

三升が正直に不安を口にした。

「もし、施療院が立ち行かなくなったら、いま通い療治に来ているひとたちは救われなくなってしまいます」

「三升さん。噂に惑わされるのはやめましょう。私たちはあくまでも幻宗先生を信じましょう」

それは自分自身にも言い聞かせる言葉だった。

四

翌日の昼前、小舟町の医院に欣三の手下の米次がやって来た。新吾は施療の合間を縫って、米次と客間で会った。

「すみません、押しかけて」

米次がすまなそうに言う。

「いえ。それより、何かありましたか」

「親分からお知らせしろと言付かってきました。今朝方、本所亀沢町の『水戸屋』に行っておのぶという女に会ってきました」

米次は続けた。

「おのぶは三十前後の色白の女でした。ただし、板吉という男は知らないと答えました」

「知らない？」

思わず、きき返した。

「へえ。知らないし、それらしき男が訪ねて来たこともないと言ってました」

「……」

新吾は当惑した。てっきり、板吉はおのぶに会いに行ったと思ったのだ。なぜ、行かなかったのか。

おのぶのことは偽《いつわ》りだったのか。それとも、おのぶが何らかの事情から欣三に嘘をついたのだろうか。

しかし、嘘なら欣三は見破るのではないか。

「じゃあ、あっしは」

米次は腰を浮かせた。

「まだ、板吉さんの行方はわからないのですか」

「へえ、だめです」

米次は首を横に振った。

「欣三親分の体のほうは？」

「それが……」

「どうかしましたか」

「きのうまた咳き込んでしばらく動けませんでした。自分じゃだいじょうぶだと言ってましたが、かなりつらいんじゃないかって心配なんです。それに、自分でもわかるのか、かなり焦《あせ》っているようです」

「焦っている？」

「このままじゃ、親分のほうが先に逝《い》っちまうってことです」

「そうですか」

米次が引き上げたあと、上島漠泉の屋敷に呼ばれた順庵が血相を変えて帰って来た。

幸い、患者がいないので、新吾は順庵のあとについて居間に行った。

居間に入るなり、いきなり順庵がいらついた声を出した。

「いったい、どういうことだ」

「どうしたんですか、そんな大きな声を出して」

義母が部屋に入って来た。

「どうもこうもない。新吾は知っていたのか」

「ひょっとして、香保どののことですか」

新吾は当惑しながらきいた。

「そうだ。香保どのは桂川甫賢どのの弟と婚約するそうではないか」

「……」

新吾はいざその事実を突き付けられて頬を叩かれたような衝撃を受けた。

「そなたが幻宗などのところに行っているからだ。よいか、漠泉どのは香保どのと所帯を持たせるということで、そなたに長崎遊学をさせてくれたのだ。せっかくのご厚意を無にし、香保どのを傷つけおって」

「違います」

新吾は異を唱えた。

「香保どのははじめから私と結婚する気はなかったのです」

「違う。そなたが、幻宗に感化されて、栄達や富はいらないなどと吐《ぬ》かすから香保どのは失望されたのだ。いや、香保どの以上に漠泉どのがどんなに気落ちしたか」

「私は……」

新吾は言いよどんだ。栄達を望まないと言おうものなら、さらに激しく怒りだすに違いない。

確かに、最初はその気がなかった。だが、香保のことを知るにつれ、気持ちが変わってきた。香保が貧しい暮らしに堪えられるなら妻に欲しいのだ。しかし、豊かな暮らしをしてきた香保にそのような暮らしは出来まい。いや、させては可哀そうだ。だから、諦めるしかなかった。

「私は香保どのの仕合わせを願っています。相手が桂川甫賢どのの弟なら、私などより、どんなに香保どのにとってよいことか……」

「そなたは馬鹿だ。大馬鹿者だ。美しい妻を娶り、栄達と富が手に入る。そんな生き方が出来たのに……」

「違います。途中から桂川甫賢どのが割って入って来たのです。漠泉さまとて、このお話を喜んでおります」

「……」

順庵は押し黙った。

「そうなんですか。漠泉さまは、新吾ではなく桂川甫賢さまの弟に乗り換えられたのでしょうか」

義母が口をはさんだ。

「いや、そうではない」

「でも。漠泉さまにとっては桂川甫賢どのと姻戚になったほうが、私たちと……」

「やめるんだ」

順庵は怒鳴った。

「漠泉さまに失礼だ」

「そうでしょうか。漠泉さまにとってもさらなる栄達の好機であることは間違いありません。新吾がどうのこうのではなく、漠泉さまの問題ではありませんか」

「新吾が早く香保どのと婚約してくれていたら」

順庵は悔しそうに言う。

「新吾」

義母が険しい顔を向けた。

「香保どのの気持ちはどうなのですか」

「えっ?」

「甫賢さまの弟をどう思っているのでしょう。あなたはさっき香保どのの仕合わせを願ってると言いましたが、あなたはその弟を知っているのですか。ほんとうに、その方といっしょになることが香保どのにとって仕合わせだと言い切れるのですか」

「それは……」

「それともあなたは、相手がどんな男か知らなくても桂川甫賢さまの弟だから仕合わせになれると思っているのですか。だったら、あなたは香保どのを見下し過ぎてはおりませぬか」

「義母上」

「ひょっとしたら、香保どのは気に染まないが親の決めた相手だから嫁ぐのかもしれません。あなたは、それでもいいのですか」

「すみません。お時間をください」

新吾は夢中で家を飛びだした。

木挽町までいっきに駆けた。

漠泉の屋敷に駆け込み、「すみません。どなたか」

と、声をかけた。

すぐに女中のお春《はる》が出てきた。

「新吾さま」

お春はちょっと困ったような顔をした。

「香保どのは？」

新吾はおそるおそるきいた。

「それがいまお客さまがお見えでして」

「桂川甫賢さまの……」

新吾は頭の中が真っ白になった。

「待ってください。ちょっと呼んで参ります」

「いえ、いいです。お邪魔《じゃま》しては申し訳ありませんから」

「でも、待ってください」

お春は奥に向かった。

新吾は土間を出た。もう、顔を合わすのは辛かった。

三十間堀《さんじっけんぼり》川に沿って、新吾は力なく歩いた。紀伊国橋までやって来た。いつぞやもきょうと同じように漠泉の家から逃げるように紀伊国橋までやって来たことを思いだした。あれは、香保に桂川甫賢の弟との縁談が持ち上がったと聞いた日のことだった。

そのとき、香保のためにそのほうがいいのだと自分に言い聞かせたはずだった。

なのに、なぜ、今になってうろたえるのか。見苦しいと、新吾は自分を叱った。

しかし、そう思いながら新吾は紀伊国橋の袂で立ち止まった。義母は気に染まぬ相手かもしれないと言った。もし、そうなら……。

そうなら、お春から新吾の来訪を知った香保はきっと追いかけて来てくれる。そう思った。まだ、心の奥底ではある期待をしていた。

新吾は今歩いて来た道のほうを振り返った。多くのひとが行き交う通りに、香保の姿はなかった。

香保は来なかった。当然だと思いながら、絶望的な気持ちになっていた。

医院に引き上げ、新吾は診療に当たった。患者に接すれば、よけいなことを考えずに済んだ。

夕方になって、順庵の医院から最後の通い患者が引き上げた。そこそこに金を持っている年寄りで、何かと待たされることを嫌う。金を払っているのだから、治すのは当然だという傲岸《ごうがん》さがある。

義父順庵は腕のいい医者だ。だが、患者を選ぶ。金持ちしか相手にしない。新吾が診療するようになって金のない患者が少しずつ増えてきた。幻宗の施療院まで長い時間をかけて通っていた患者がこっちに来るようになった。ただというわけにはいかないが、少ない薬礼で診た。

だが、従来の高い金を払っている患者はそういう患者といっしょにされるのが面白くない。先に診ろと、騒ぐ。

高い金を払えば、みなそうなる。幻宗の言葉が蘇《よみがえ》る。医者の前では金持ちも貧乏人も対等だとは考えられない。

戸が激しく開く音がした。騒がしく土間に男が駆け込んできた。急患かと思って出て行くと、昼間もやって来た米次だった。

今度はかなり急いできたらしく息が荒かった。

「宇津木先生、たいへんだ。板吉の死体が見つかった」

「えっ、なんと?」

耳を疑った。

「霊岸島町《れいがんじま》です。稲荷社《いなりしや》の裏の雑木林で、菰《こも》でくるまれて草むらに隠されていました」

米次が引き上げたあと、新吾は医院を飛びだした。

思案橋を渡り、鎧河岸を通り、日本橋《にほんばし》川にかかる湊橋《みなとばし》を渡って霊岸島町に向かった。すでに陽が落ち、辺りは暗くなっていた。

稲荷社の裏手の雑木林には津久井半兵衛とともに欣三の姿もあった。

「欣三親分。板吉さんなんですか」

倒れている男のそばに立っている欣三にきく。

「ご覧なせえ」

欣三がホトケを見て言う。

新吾は顔を覗き込んだ。土気色《つちけいろ》で、人相はわかりづらかったが、目尻がつり上がった険しい顔だちを確かめ、板吉に間違いないと思った。さらに、左腕を見る。火傷の跡がくっきり残っていた。

心の臓と脾腹《ひばら》に刺し傷。体は硬直し、死んで数日経っているようだった。

「寛吉を殺した奴と同じだ」

欣三が憤然と言う。

「どうして、板吉さんが……」

「仲間にやられたんだ」

「仲間？」

「そうだ。俺に目をつけられた板吉が邪魔になって始末したんだ。ちくしょう。あと一歩だったのに」

欣三は拳を握りしめて悔しがった。

「寛吉が殺されたのと同じころだな、殺られたのは」

津久井半兵衛が口許を歪めた。

「誰が亡骸を見つけたのですか」

新吾は辺りを見回す。稲荷社の裏手で、人気のない場所だ。何日も亡骸は見つからなかった。

「野犬だ。野犬がやけに吠えているのを稲荷社の参詣人が不審を抱いてここまでやって来て見つけた」

津久井半兵衛はさらに続ける。

「あの日、寛吉は仲間に会いに行く板吉のあとをつけた。だが、仲間に見つかってしまい、殺された。仲間は板吉が岡っ引きに目をつけられていることを知り、危険が及ぶ前に始末した。そういうことではないか」

「へえ。旦那の言うとおりに違いねえ。板吉のあとをつけていた寛吉は仲間が近くにいることに気づかなかったんだ」

欣三はため息をつく。

「寛吉さんを殺したのは板吉さんではなく仲間の誰かですね」

「そうだ。これで、押込み一味の手掛かりはなくなっちまった。板吉をとっかかりに一味を見つけ出そうとしたんだが」

やはり、板吉の左の腕には三つの黒子があったのか。そして、十二年前、おそでという女を手込めにして自害に追いやった鬼畜《きちく》だったのか。

「宇津木どの。板吉のこの左腕の火傷の治療をしたそうですが、元はなんだったかわからないのですね」

津久井半兵衛がきいた。

「ええ、わかりません」

「自分でやったのは間違いないのですね」

「間違いないと思います」

半兵衛は頷く。

「津久井さま。去年の米沢町の押込みの手掛かりはまったくないんですか」

新吾はきいた。

「ありません。手代が見ていた左腕に黒子のある男が唯一の手掛かりでした。この板吉が本人なら新たな進展になりましょう」

邪魔にならないように、新吾はその場から離れた。

家に帰ると、順庵が飛びだして来て、「どこに行っていたんだ、さっきまで香保どのが待っていたのだ」

「えっ、香保どのが」

新吾はすぐに追いかけようとしたが、「待て。もう、遅い」

と、順庵が引き止めた。

「四半刻（三十分）前に引き上げた」

「でも、行って来ます」

新吾は飛び出た。

江戸《えど》橋を渡り、楓《もみじ》川《がわ》沿いを駆ける。まっすぐ続く前方の道に香保らしい人影はない。新吾は焦った。このまま会えなければ、もう二度と手の届かないところに行ってしまう。そう思った。

京橋《きようばし》川を越え、三十間堀沿いを駆けた。しかし、香保の姿はなかった。もう屋敷に帰り着いたのかもしれない。

紀伊国橋の袂に差しかかったとき、橋の真ん中で欄干に手をかけ、川を見ている人影があった。

寂しそうな横顔に思えた。痛々しいほどうなじが白い。

弾む息のまま、新吾は橋を渡った。

「香保どの」

新吾は声をかけた。

はっとしたように、香保は振り向いた。

「新吾さま」

「香保どの。お待ちいただいたそうで」

「はい。じつは新吾さまにお別れを言ってませんでしたので」

「別れ……」

脳天を割られたような衝撃に、新吾は目がくらみ、あわてて足を踏ん張った。

「行くな。行かないでくれ」

新吾は叫ぶ。

「新吾さまとお会いしてとても楽しゅうございました。私にはとっても大切な思い出になりました」

「だめだ。行かないでくれ」

「桂川さまから正式な申入れが明日ございます。父は桂川さまのお申し出をお断り出来ません」

「あなたが漢泉さまの娘でなければ、私の栄達に関わりのないお方の娘だったら、私はあなたと……」

「新吾さま。どうぞ、お仕合わせに」

いきなり、香保は逃げるように駆け出した。追うことも出来ず、新吾はひんやりした秋風の中にじっと立ちすくんでいた。

五

翌朝、新吾は義父の順庵のところに行った。

「お願いがあるのですが」

順庵は往診に出かけるところだった。相手は大店の隠居だ。順庵は金のある者を優先して施療している。

「きょうは午後から幻宗先生のところに行くことになっていますが、その前にちょっと用を足していきたいのです。往診が終わったら、すぐに帰ってきていただけないでしょうか」

順庵は往診先で酒を馳走になってくることが多いのだ。

「幻宗のところの時間を割《さ》いたらどうか」

香保との縁が切れたことで、順庵は機嫌が悪い。

「いえ。香保どのにもう一度会って来たいのです」

「香保どのに？」

順庵の表情が動いた。

「わかった。急いで帰ってこよう。その代わり、今度の往診にはそなたにもつきあってもらう。よいか」

今まで金持ちの患者の往診を拒んできたが、順庵はそのことを条件に出してきた。

「わかりました」

やむなく、そう答えるしかなかった。

「では、半刻（一時間）のうちに戻る」

順庵は助手に薬籠《やくろう》を持たせて往診に出かけた。

昼前、約束通り、半刻で往診から戻った順庵にあとを任せ、新吾は木挽町の漠泉の屋敷に行った。

一晩考え、まだ香保とは話したりないような気がした。このままでは後悔する。そう思って、女々しいと思いながら香保のもとに向かったのだ。

漠泉の屋敷が見えてきた。門に向かいかけたとき、乗物が一丁やって来て、漠泉の屋敷の門の前で停まった。

乗物から下りたのは新吾よりふたつか三つ年長と思われる細身のすらりとした男だ。色白で、鼻筋の通った顔だちは凜々《りり》しくもあった。

若い男は門の中に入って行った。新吾は茫然《ぼうぜん》と見送った。桂川甫賢の弟であろうことはすぐにわかった。

いかにも育ちがよさそうな男で、香保の相手に十分ふさわしいと思った。新吾は己の敗北を認めないわけにはいかなかった。

だが、これですっきりした。あの男なら香保も仕合わせになれる。貧しい町医者の妻で一生を終えるより、はるかに楽しく暮らせるだろう。

ふと目頭が熱くなったのを堪え、新吾は踵《きびす》を返し、そのまま幻宗の施療院に向かった。これで諦められる。新吾はそう思った。

予定より早かったので、新吾は常磐町二丁目に入っても幻宗の施療院のほうではなく、そのまままっすぐ本所に向かった。

新吾は本所亀沢町にやって来た。目指す『水戸屋』という下駄問屋はすぐにわかった。店先にいる手代ふうの男に、内儀《ないぎ》さんにお目にかかりたいと頼む。

するると、土間から三十ぐらいの落ち着いた感じの女が顔を出した。

「あっ、内儀さん」

手代が声をかけた。

どうやら、新吾の声が聞こえていたらしい。

「私が内儀ですが」

「おのぶさんですか」

新吾は確かめる。

「そうです」

「きのう、欣三親分がお見えになったと思いますが」

「そのことですか」

おのぶは当惑した表情で頷いた。

「私はほんとうに知らないんですよ。なんて言いましたか……」

「板吉さんです」

「ええ、板吉さんのことはまったく」

店先から少し離れながら、おのぶは答えた。

「板吉さんは訪ねてこなかったそうですね」

「ええ、来ません」

「じつは、板吉さんは東仲町の長屋におのぶさんを訪ねているんです。そこの大道易者の一風堂さんからおのぶさんのことを聞いているんです。それなのに、どうして訪ねてこなかったのか、それより内儀さんが知らないのに、板吉さんはなぜ捜していたのか……」

「私にはさっぱり」

おのぶは首を横に振った。

「板吉さんは左腕のこの辺りにわざと炭を当てて火傷をしたのです」

新吾は自分の腕の内側を手でさすってみせた。

「まあ」

おのぶは眉根を寄せた。

「たぶん、入れ墨を消したのではないかと思うんです。前科の印じゃありません。私が思うに、何年か佐渡の金山で働いていたのではないかと思ったのです」

「……」

おのぶの顔つきが変わった。

「何か心当たりが？」

「いえ」

あわてて、おのぶはかぶりを振った。

「なんでも構いません。板吉さんのことを知りたいんです。どうか、なんでもいいんです。気がついたことがあれば、教えてくださいませんか」

おのぶは俯いた。何かを知っているようだ。

「七年前、当時私は仲町の料理屋で働いていました。そこで、吾助《ごすけ》さんと知り合いました。遊び人になっていましたが、吾助さんは元は日本橋の大店に奉公していたのです。でも、お店の金に手をつけたと疑われて、お店をやめさせられたんです。それから自棄になって賭場にも出入りをしていたそうです」

おのぶは苦い思い出をたぐるように少しずつ話しはじめた。

「私と知り合ってから、吾助さんは私のためにきっとまっとうになると誓ってくれたんです。それなのに、いきなり私の前から姿を消してしまったんです」

「姿を消した？」

「はい。何も言わずに、ほんとうに突然です。私は捜しました。吾助さんの仲間にもききました。そしたら、無宿人狩りがあって島送りになったって聞きました」

「無宿人狩り……」

元和、寛永のころに最盛期を迎えた佐渡金山はだんだん鉱脈が衰弱して産出量が減ってきて、さらに地表深く掘り下げねばならなくなった。

だが、地下水が湧いて掘鑿を困難にした。そのために、湧き水を桶で汲み上げなければならない。だが、汲み出しても、水はすぐ湧いてくる。その水汲みのために、大勢の人足が暗い坑内で休みなく働かなければならない。

この作業のために、江戸から無宿人が送り込まれるようになったのだ。

吾助は佐渡に送られたのだ。

「佐渡に送られたらもう生きては帰って来られない。そういうひともいました。でも、私は三年ちょっと待ったんです。吾助さんの帰りを。でも、三年経ち、料理屋のお客だった今の主人に乞われて後添いに」

「吾助さんの体つきは?」

「中肉中背で、丸顔のおとなしそうな顔立ちでした」

大柄で、目尻のつり上がった板吉とは似ても似つかない。しかし、板吉の左腕に入れ墨があったとしたら……。

新吾はこのことに激しい身震いを覚えた。欣三は大きな間違いを犯しているかもしれないだ。

亀沢町から急いで幻宗の施療院へ赴《おもむ》いた新吾は板吉に関わる新たな衝撃を棚上げにして通い療治の患者を順次診察していった。

その日の新吾の受持ちの診療を終えたとき、おしんが近づいて来た。

「先生がお呼びです」

「すぐ、行きます」

新吾は施療道具を片づけながら答えた。幻宗はもう療治部屋にはいなかった。きょうは新吾より先に上がったようだ。

「欣三親分は来なかったのですか」

新吾はおしんにきいた。

「ええ、来ませんでした」

「そうですか」

板吉が殺された件で動き回っているのだろう。しかし、板吉の素性についての疑問を知らなければ、欣三は間違った探索を続けることになる。

「権太さんもきのうから来ていないんです」

おしんが厳しい表情で言う。

「ゆうべ、幻宗先生が長屋に様子を見に行ったら寝込んでいたそうです」

「権太さんが？」

「寝込んで？」

「起き上がれなかったそうです」

新吾は胸が塞がれそうになった。

権太は悪性の腫瘍が腹に出来て、体中に広がり、治療の手立てはもうなくなっていた。が、死期を悟っても、淡々として生を全うしようとしている。

その姿は、ひとびとを感激させ、勇気を与えた。そして、特に自害を図った亀助に生きる気力を蘇らせた。

濡縁に幻宗が座るのを待って、新吾は近づいた。

「先生、お呼びでしょうか」

「うむ。権太のことだ」

幻宗が難しい顔で言う。

「具合が悪くなったのですか」

「近づいている」

幻宗はぽつりと言った。死期のことだろう。

「あとどのくらいでしょうか」

息を呑んで、新吾はきいた。

「十日持つか。早ければ、三日以内だ」

「そんな……。急です。あんなに元気に亀助を励ましていたのに」

「まるで、亀助に自分の命をくれてやったかのようだ」

幻宗はため息混じりに言ってから、「今、激しい痛みに襲われている。せめて痛みを和らげ、安らかな死を迎えさせてやりたい」

「ここに連れて来るのですね」

「そうだ。これから三升といっしょに行ってもらいたい。三升はいま大八車《だいはちぐるま》を借りに行った。向こうでは長屋の連中も手伝ってくれるはずだ」

「わかりました」

「亀助に看取らせよう」

「亀助に?」

「そうだ。もうばかな真似はしないと思うが、権太の最期の姿を見せて命の尊さを教えてやるのだ」

「そうですね。それが権太にも亀助にも一番いいことかもしれません。亀助に話してきます」

新吾は立ち上がり、亀助のところに行った。基吉が来ていて、亀助はふとんの上に体を起こしていた。

「先生、どうも」

基吉が頭を下げた。

「亀助がずいぶん元気になったので安心しました」

基吉がほっとしたように言う。

「亀助さん。どうです?」

新吾はきいた。

「ええ。もう痛みもありません」

「まだ、無理をしてはなりません」

表情に生き生きとしたものが窺えた。生きる気力を取り戻したようだ。権太のおかげだ。その権太の容体が悪化したことはまだ知らないようだ。

「亀助がこんなに早く回復したのも権太さんのおかげなんです。生きていることのありがたさを亀助さんに教えてくれたのです」

新吾は基吉に話す。

「権太さんはきょうも来ませんね」

亀助が心配そうに口をはさんだ。

「きのうも来なかったんです。だいじょうぶでしょうか」

「亀助さん。じつは権太さんは急に病が悪化したそうです」

「えっ？」

亀助の顔色が変わった。

「あなたにお願いがあります」

「なんでしょうか。あっしにできることがあればなんなりと仰ってください。そうはいっても、あっしは満足に動けませんけど」

「権太さんをここに連れてきます。話し相手になってやってください」

「今までもそうしてました」

「今までは、権太さんが亀助さんに話しかけていたんじゃありませんか。今度は、亀助さんのほうから話しかけてやってください。そして、権太さんの最期を看取ってやってください」

「……」

亀助は口を半開きにしていた。

「新吾さま。大八車が来ました」

おしんが呼びに来た。

「わかりました」

「あっしにもお手伝いさせてください。亀助を助けてくれた権太さんにはあっしからも礼を言いたい」

基吉が立ち上がって言った。

「では、いっしょに来てください」

新吾が外に出ると、三升が大八車に戸板を載せ、そのうえにふとんを置いた。

「行きましょうか」

新吾が三升に声をかけた。

三升が大八車を牽《ひ》いた。両脇に、新吾と基吉がついた。

権太が住んでいる長屋は東平野町《ひがしひらのちょう》で仙台堀にかかる亀久橋《かめひさ》の近くにあった。

長屋木戸の前に大八車を置き、長屋木戸をくぐる。権太の住まいの腰高障子の前に立つと、うめき声が微かに聞こえた。新吾は戸を開けた。

「権太さん。幻宗先生のところの宇津木新吾と棚橋三升です」

土間に入って、新吾は寝ている権太に声をかけた。そんなに痩せさらばえているわけではなかった。

「ああ、来てくだすったんですね」

権太は喘ぎながら言う。

「痛みますか」

「いや、まだ堪えられる」

「幻宗先生の施療院に行きましょう」

新吾は勧める。

「いや、あっしはここでいい。ここでじっとお迎えを待つ」

「権太さん。あっしは亀助の知り合いの基吉っていいます。権太さんのおかげで亀助が生きようって気持ちになってくれた。礼を言います」

「亀助はいい奴だ。よかった」

「亀助のためにも施療院に来ていただけませんか」

「こんな見苦しい姿を見せたかねえ」

「でも、亀助にはあなたが必要なんです」

基吉が訴える。

「こんな俺がまだ役に立つのか」

「立ちます」

「わかった。先生、世話になる」

権太は起き上がろうとした。

「だいじょうぶだ」

「では、背中に」

新吾はしゃがんで背中を見せた。

「すまねえ」

おぶって長屋木戸を出る。長屋の住人も出て来て口々に権太を励ます。

再び、三升が権太を乗せた大八車を引っ張り、後ろから新吾と基吉が押した。

「宇津木先生」

権太が呼んだ。

「なんですか」

新吾は返事をする。

「ほんとうは怖いんだ。死ぬのが怖い。でも、幻宗先生におまえは立派だなんて褒められて、見苦しい真似が出来なくなった」

「誰だって怖いですよ。痛みは？」

「どうにか治まった。でも、死ぬときはひとりで死んで行くのかと思っていたけど、皆に看取られて寂しくはなさそうだ」

大八車は霊巌寺《れいがんじ》前から小名木川に差しかかった。呻き声のようなものが聞こえた。苦しいのかと、権太の様子を見る。

権太が泣いていた。嗚咽《おえつ》を堪えていたのだ。新吾はやりきれずに目を逸《そ》らした。

新吾は何人もの患者が亡くなっていくのを目の当たりにしてきた。寿命がきて死んでいくのは自然の成り行きだ。だが、病気に対して何の手出しも出来ないことが悔しかった。

もうひとり、死期の迫った男がいた。欣三親分だ。いま、欣三は誤った道を行こうとしている。

幻宗の言葉を思いだす。

「医者は病気に対して無力だ。わしは権太の病を治すことが出来ない。なんて無力かと歎く。せめて、澄んだ気持ちで死なせてやりたい」

さらに欣三と幻宗のやりとりを思いだす。

「先生、今日明日は困るんだ。十二年前に押込みの手込めにされ自害に追いやられたおそでの仇をとってやらなきゃならねえ。やっと、板吉を見つけたんだ。押込み一味を獄門台に送るまで、あっしは死ねねえんだ」

「動き回るのは無理だ。死期を早めるだけだ」

「先生。お願いだ。俺は死ぬのは怖くねえ。いや、そう言ったら嘘になるが、覚悟は出来ている。だが、このままあの世に行ったら、おそでに合わせる顔がねえ」

欣三は鬼気迫る顔で、幻宗に訴えた。

欣三が追い求めた板吉はおそでの仇ではないような気がする。もし、このまま欣三が逝ってしまったら、それこそあの世でおそでに合わせる顔がない。

心残りなく、澄んだ気持ちで欣三を死なせてやりたい。新吾は改めて心に誓った。

第三章　形見

一

翌朝早く、新吾は朝餉もとらずに家を出て、佐賀町の小商いの店の並ぶ一角にある欣三の住まいに行った。

欣三は米次の給仕で朝飯を食べていた。

「こんなに早くどうかしましたかえ」

欣三が不思議そうにきいた。

「板吉さんのことでお話が」

「板吉がどうかしましたかえ」

「朝餉が済むまでお待ちします」

「そうですか」

残った飯に御味御付けをかけて、欣三は無理やり喉に流し込んだ。

最後に茶を飲んで、新吾に顔を向けた。

「じゃあ、お聞きしましょうか」

「本所亀沢町にある『水戸屋』に行き、おのぶさんに会って来ました」

新吾は切り出した。

「あっしも会って来ましたぜ」

「はい。私はどうしても板吉さんがおのぶさんに会いに行ったとしか思えなかったのです。ですから、もしかして、おのぶさんが嘘をついているのではと疑って」

「嘘を？」

欣三の目が鈍く光った。

「でも、違いました。その代わり、吾助という男のことを話してくれました。吾助は奉公していた大店をやめてからやくざな暮らしをしていたそうです。おのぶと知り合い、まっとうになると誓った後、無宿人狩りがあって島送りになったそうです」

「島送り……？　佐渡か」

「はい。おのぶさんは吾助さんを待っていたけど三年経っても帰らず、『水戸屋』に後添いに入ったそうです」

「……」

「板吉さんは佐渡帰りだったのではないでしょうか。あの左腕には『サ』の字の入れ墨があったとは考えられませんか」

「そんなはずはねえ。板吉は『山平屋』に入り込んでいるんだ。押込み一味の手だ。仲間を押込み先に潜り込ませるのは。それに、板吉はおのぶを訪ねてねえ」

「行く必要がなくなったからでは」

「どういう意味ですね」

「板吉さんは佐渡から帰れることになった。そこで、吾助さんから言づてを頼まれ、おのぶさんを訪ねた。でも、おのぶさんは後添いになっていた。それで、吾助さんの言づても用をなさなくなった」

「そんなこと……」

「あるいは、吾助さんは水替え人足の過酷な作業がたたって命を落としたのかもしれません。仲のよかった板吉さんは吾助さんの死を知らせるためにおのぶさんに会おうとした」

「ばかな」

欣三は怒ったように顔を歪め、「奴は俺が目をつけていると知って、左腕を火傷させたんだ。『サ』の字の入れ墨だったら、何もそんなに俺を恐れる必要はねえ」

岡っ引きに目をつけられたら、まともな仕事にありつけない。板吉はそう思ったのかもしれない。

「そのことはわかりません。でも、念のために板吉が佐渡にいたのかどうか、それを調べてみたらいかがですか」

新吾は諭《さと》すように、「佐渡にそのような者はいなかったとわかれば、板吉さんが押込み一味だとはっきりするではありませんか。少しでも疑いの余地があると、あとで何かあったときに心悩ますことになりかねません」

「……」

「欣三親分。津久井半兵衛さまか笹本康平さまかを通じて佐渡奉行支配組頭さまに、水替え人足の名簿を調べていただくわけにはいきませんか」

「簡単ではない。水替え人足はかなりの人数のはずだ。同じ名前の者だっているだろう」

「奉行所には無宿人狩りのときの名簿は残っていないのでしょうか」

「さあな」

欣三は首を傾げたが、「わかった。笹本の旦那に確かめてみる」

と、折れたように答えた。

「それから、押込みの狙いなのですが」

新吾は切り出した。

「十二年前と去年、二度とも古着屋が襲われました。そして、今度は『山平屋』を狙うと、親分は考えましたね。どうしてでしょうか」

「それは何度も言ったはずだ。板吉が『山平屋』に入り込んだからだ。過去の二度の押込みは古着屋だ。だから、今度は『山平屋』を狙うだろうと」

「押込み一味がどうして古着屋を狙うのでしょうか」

「わからねえ。しいていえば、押込み一味の中に昔、古着屋に奉公してた者がいたとも考えられる。だから、古着屋の内情がよくわかるのかもしれねえ」

「もし、板吉さんが佐渡帰りだとしたら押込みの一味ではないことになります。そうすると、押込み一味が『山平屋』を狙うというのは……」

「しかし、そうだとしたら、板吉はなぜ殺されたんですかえ」

欣三は反論した。

「やはり、押込みの仲間が、目をつけられた板吉が足手まといになって殺したと考えたほうが自然じゃありませんか」

「ええ、そのとおりなのでしょうが……」

板吉が佐渡帰りだとしたら、別に殺される理由があったことになる。何者が板吉を殺したのか、想像がつかない。

「寛吉も、板吉が仲間に襲われるところに出くわしたか、助けに入って殺されたんじゃないでしょうか」

「まあ、ともかく、板吉のことは調べてみますよ」

気乗り薄なのか、欣三は仕方なさそうに言った。

「お願いします。それと、幻宗先生に診てもらってください」

「そうだな」

「では、失礼します」

新吾は辞去した。

それから、新吾は門前仲町の『山平屋』にまわった。

これから暖簾を出すところで、店先では奉公人が忙しそうに店開きの支度をしていた。

山平屋忠兵衛にはすぐに会えた。この前とは違い、客間で差し向かいになった。

「板吉さんが殺されていたと聞いてびっくりしました」

　忠兵衛は表情を曇らせた。

「はい。誰にどうして殺されたのか……」

「欣三親分は、板吉さんは押込みの一味で、仲間割れで殺されたのではないかと仰っていましたが」

「いえ、まだそうとは……」

「どういうことですか」

「板吉さんは佐渡帰りかもしれないのです」

「佐渡帰り？」

　忠兵衛は濃い眉を動かした。

「左腕には『サ』の字の入れ墨があったのだと思っています。板吉さんは欣三親分に目をつけられたのは佐渡帰りを疑われたと思ったのかもしれません。佐渡帰りは何をするかわからない。そんな目で見られたら、この先、仕事を探すのにも支障がある。だから、入れ墨を消そうとしたのではないでしょうか」

「板吉さんから佐渡帰りの印象はありませんでしたが」

　忠兵衛は否定した。

「『山平屋』さんはどう思いますか」

「私にはわかりません。ただ、欣三親分から聞いたように、黒子を隠していたのかもしれないと思いました。というのは、離れにいるときは包帯を外していたのです。私が一度、離れに行ったときもやはり包帯を外していました。しばらく、話をしたのですが、その間、板吉さんは顔に手をやったりしていました。左腕も見えましたが、入れ墨には気づきませんでした」

「……」

「黒子にも気づきませんでしたが、もし入れ墨があれば、私の目に留まったと思うのですが」

　忠兵衛は首をひねった。

「そうですか」

　ふと、気になって、「そのときは板吉さんは左腕を隠そうとはしなかったのですか」

「そうですね。そういう印象は持ちませんでした」

「……」

　佐渡帰りではなかったのだろうかと、新吾は考えた。

「八幡さまの前で、『山平屋』さんはならず者に絡まれていたのを板吉さんが助けてくれたということでしたね」

「そうです」

「なぜ、ならず者に絡まれたのですか」

「ゆすり、たかりですよ。肩が触れたと言って呼び止められましてね。金を出せば、おとなしく引き下がったのでしょうが、そっちから当たってきたのだから払う必要はないと言ったら急に怒り狂いましてね。難渋しているところを、板吉さんが助けてくれたのです」

「そのあと、欣三親分もかけつけたのですね」

「ええ、誰かが騒ぎを自身番に知らせに行ったようです。たまたま、そこに欣三親分が来ていたということでした」

「そのとき、板吉さんの左腕に包帯があったのですね」

「ええ、ありました。欣三親分が板吉さんの左腕の包帯を見て、どうしたんだときいてました。板吉さんは出来物が腫れたと答えていました」

忠兵衛は目を細めて言う。

「板吉さんからこちらで働かせて欲しいと頼まれたそうですね」

「そうです。助けてもらったお礼をしたいと言うと、仕事を探しているので下男の仕事でもないかと頼まれました。あいにく、人手は足りていると言ったら、どこか仕事が見つかるまで置いてもらいたいと言うので、離れを貸してあげたのです」

「欣三親分から押込みの一味の話を聞きましたか」

「ええ、包帯の下に三つの黒子があるはずだと」

「そのことは板吉さんにしたんですか」

「しました。そのあとです。火傷したのは」

忠兵衛は目を伏せた。

「どう思いましたか」

「たぶん、何かを消したいのだろうと思いました。でも、三つの黒子とは考えていませんでした」

「そうでしたか」

「宇津木先生。いったい、先生は何をお調べなのですか」

「さっきも言いましたように、板吉さんが押込みの一味とはどうしても考えられないのです。火傷の治療にやって来た板吉さんは確かに堅気とは違う雰囲気を醸《かも》しだしていましたが、非道な押込みをするようには見えなかった」

「でも、先生はお医者さまではありませんか。火傷を治すだけでよいはずなのに、どうして、そこまで板吉さんのことを調べるのでしょうか」

　忠兵衛は窺うようにきいた。

「そうですね。欣三親分のために手を貸したいという思いからでしょうか」

「欣三親分に？」

　忠兵衛ははっとしたような顔をしてから、「欣三親分はだいぶいけないようですね」

と、呟くように言った。

「……」

　新吾が答えずにいると、忠兵衛は痛ましげな顔をして、「欣三親分が話してくれました。板吉さんの死体が見つかったことを知らせに来たとき、板吉は俺が長年追っていた男だったと。俺の寿命が尽きるまでに、なんとかこの手で捕まえたかったと」

「そうですか。欣三親分が話していましたか」

「ええ、もう俺は棺桶に片足を突っ込んでいると」

　忠兵衛は沈んだ声で言う。

「だから、間違えたまま、済ませてはならないのです。ほんとうのことを知り、悔いのない……」

　新吾は悔いのない最期を迎えさせたいという言葉を喉の奥に呑み込んだ。

帰宅すると、順庵が飛びだしてきた。

「漠泉さまの使いがやってきて、すぐに来てくれとのことだ。急いでいるようだった」

「漠泉さまが」

「香保どののことだろうか。ともかく行ってきなさい。こっちはわしがなんとかする」

「では、行ってきます」

新吾はすぐに家を出て、漠泉の屋敷に急いだ。

木挽町の漠泉の屋敷につくと、女中のお春が出てきて、新吾を客間に招じた。きょうは書斎ではなかったことに、何かの異変を感じた。

香保のことではない。そう思っていると、漠泉がやって来た。

「急の呼び出しですまなかった。じつは、昨夜、高橋景保どのから呼ばれた」

幕府天文方兼書物奉行の高橋景保が漠泉にどんな用があるのか。新吾は思わず身を固くした。

「景保どのが言うには、間宮林蔵どのが江戸から消えたそうだ」

「消えた？」

「長崎に向かったのかもしれないとのことだ」

「なぜ、長崎に？　ひょっとして、シーボルト先生のところですか」

「それしか考えられない」

「間宮さまはシーボルト先生に会って何をしようというのでしょうか」

「間宮どのは高橋景保、桂川甫賢、土生玄碩、村松幻宗、そして、この漠泉と江戸の蘭方医に近づいて何かを探索していた。いま挙げたひとたちはみな、二年前にシーボルトどのが江戸に来たとき、宿泊先の『長崎屋《ながさきや》』を訪れている」

漠泉は厳しい顔で続ける。

「それを考えれば、狙いはシーボルトどのであることは明確だ」

「しかし、シーボルト先生の何が？」

「わからぬ。だが、景保どのは昨夜、こう言ったのだ。間宮林蔵の狙いはわしかもしれぬと」

「どういうことでございますか。確か、間宮さまの師は景保さまのお父上の至時さま。つまり、師の息子さんではありませんか」

「そうだ。だが、景保さまは間宮どのが自分を敵視していると言っている」

「何かあったのでしょうか」

「わからぬ。だが、同じ師に付きながら、景保どのは伊能忠敬どの亡きあと忠敬どのの測量、作図を引き継ぎ『大日本沿海輿地全図』を完成させた。この中の樺太は間宮どのの探検によるが、間宮どのはすべて景保どのの手柄になっていることが面白くないのだろうと、景保どのは話していた。問題はここだ」

漠泉は声をひそめた。

「先日、話したが、景保どのはシーボルトどのに教えを乞うために、シーボルトの求めに応じてわが国の地図を渡したそうだ」

「地図ですか」

「そうだ。紅葉山文庫《もみじやまぶんこ》で保管されている、つまり幕府が取り締まっている地図。持ち出しはご法度《はっと》だ。それをシーボルトに届けたという」

「間宮さまはそのことを問題にしようとしているのですか」

「景保どのは、その心配をしている。シーボルトどのは教えを施す場合、必ず見返りを求める。中には国外持ち出しご法度のものを見返りに渡した者もあろう。景保どのは、自分だけを貶《おとし》めるという真の狙いを晦ますために、他の者たちにも災いが及ぶはずだと言っている」

信じられなかった。その程度のことで、シーボルトやそこに関わる蘭方医・蘭学者たちを貶めようとするだろうか。

そのとき、あることを思いだした。三升が父親から聞いた話だ。

「土生玄碩どのが財産を秘かに隠しているという話を聞きました」

「玄碩どのが財産を？」

「はい。玄碩どのも何かを察しているのでしょうか」

「おそらくな」

漠泉は深刻そうな顔をし、「やはり、間宮どのの動きに何かを察したのだ」

「でも、玄碩どのはなにを見返りに？」

「わからぬ。あのお方とて知識欲は旺盛だ。眼科手術の知識を得るためなら、なんでも差し出すに違いない。ご法度のものでもな」

幻宗の金主はほんとうに土生玄碩ではないのか。もし、玄碩に何かあった場合、幻宗の施療院に影響が及ばないだろうか。

新吾は胸騒ぎを覚えていた。

二

翌日の昼過ぎ。

幻宗の施療院に顔を出した新吾は台所に行き、昼飯を食べ終えたばかりの幻宗に、

「先生、ちょっとよろしいですか」

と、声をかけた。

「うむ」

湯呑みを手にしたまま、幻宗は頷く。

「上島漠泉さまからお聞きしたのですが、間宮さまが江戸から姿を消したそうにございます。長崎に向かったのではないかとのことです」

「……」

幻宗が顔を向けた。何も言わず、ただじっと新吾の顔をみている。当惑しながら、新吾は続けた。

「シーボルト先生のところに行くのではないかとのことです。私もそう思います。間宮さまはしきりにシーボルト先生のことを気にしておりました」

幻宗が微かに頷いた。

「高橋景保さまは自分に狙いを定めていると警戒しているようです。景保さまはご法度の地図をシーボルト先生に渡したそうにございます」

「そうか」

幻宗はぽつりと言った。

土生玄碩先生はいかがでしょうかと口から出かかった。だが、玄碩の名を出すことは、幻宗が否定したにも拘わらず、玄碩が金主ではないかとまだ疑っていると思われる。いや、事実、まだそう信じている自分がいる。

玄碩は眼科医として蓄財した莫大な財産を大名や商人に貸し出しているという。その中に幻宗がいる。

いや、幻宗には金を借りたとしても返す当てはない。そんな幻宗に、玄碩が金を貸すはずはない。だとしたら……。

それ以上は考えまい。新吾はそう思った。

「シーボルトどのはじき帰国する。間宮どのはそこまでするだろうか」

幻宗は目を細めて言う。

「シーボルト先生は見返りがないと教えてくれないというのはほんとうですか」

「新しいことを知りたいという思いが強いのはシーボルトどのだけではない。シーボルトどのが見返りを求めるのは当然だろう。ただ、それが……。いや、よそう」

幻宗は首を横に振ってから、「権太は」

と、話を変えた。

「今度は亀助から元気をもらっている」

「亀助さんに？」

「そうだ。少なくとも、親身になって見守ってくれる友が出来て、権太はもうひとりぽっちではない。さあ、患者が待っている」

新吾は入院部屋に顔を出した。

亀助は起き上がっていて、権太の枕元にいた。ふたりが同時に新吾に顔を向けた。

新吾は邪魔しないように会釈をしただけで引き上げた。

療治部屋に入り、患者を受け入れる。

やって来たのははじめての患者だった。時蔵《ときぞう》、二十九歳と名乗った。

「どうしましたか」

新吾は時蔵の顔色を見る。表情にも暗さがない。鼻の平たい男だ。額が大きく突き出ているので、目が窪んでいるように見える。唇は厚い。

「夜の五つ（午後八時）ごろになると、きまって、頭の奥から痛みだし、頭全体に広がって割れるような痛みに襲われるんです」

ふだんはなんともないが、ふとしたときに頭が痛くなる。そうなると、立っていられなくなる。しばらくしゃがんでいればじきに治る。治れば、あとはなんともない。時蔵はそう言った。

いまはなんともないと言うように、なんの所見もなかった。

「吐き気は？」

「いえ、ありません」

「血の巡りが悪くなっているのかもしれません。肩の凝《こ》りは？」

「いえ、特には」

「ちょっと、後ろを向いてください」

背中を向けた時蔵の肩を押す。ひどく凝っているようではなかった。

目の色や喋り方にも異常はみられなかった。頭を触り、軽く叩いたりしたが、特に問題はない。

「こんなだから、呑みにも行けないんですよ。先生、なんとかしてくれませんかえ」

時蔵は言う。

「幻宗先生に診てもらいましょう」

「いや、いい。あの先生、おっかねえ。宇津木先生にお願いしますよ」

時蔵は苦笑しながら言う。

「お住まいは？」

「霊巌寺裏に住んでます」

「薬を調合しておきますから、この薬を呑んで、今日明日と様子をみてくれますか。変わらなければ、明後日の夜、あなたの住まいに行きましょう。実際に症状が出たときに診てみます」

「へえ、お願いします」

いろいろな症状がある。あとで、幻宗にきいてみようと思った。

夕暮れになった。幻宗のほうに目をやるが、欣三の姿はない。板吉が死んで、張りつめていた気持ちが切れてしまったのだろうか。

最後の患者が引き上げ、新吾は施療道具を片づけた。幻宗はすでに上がっていた。

新吾が着替えて濡縁に行くと、いつもいるはずの幻宗がいなかった。そういえば、どこにも幻宗の姿が見えない。

「おしんさん。幻宗先生は？」

「出かけました」

「ひょっとして欣三さんのところですか。きょう欣三さんは来なかったようですね」

新吾は心配してきく。

「ええ、来ませんでした。あんなに幻宗先生と約束したのに。ほんとうにわがままで困ります」

おしんは不服そうに言ってから、「でも、先生は欣三さんのところではありません。一刻ほど出かけてくると言っていました」

「どこに行ったんでしょうか」

「さあ」

おしんは首を傾げた。

「まさか、女のひとのところではないでしょうね」

三升が口をはさんだ。

「女のひとがいる気配があるのですか」

新吾は驚いてきく。

「いえ、そういうわけではありませんが」

三升はばつが悪そうに苦笑する。

「いけないわ。そんな無責任なことを軽々しく言っては」

おしんが三升をたしなめる。

「でも、幻宗先生はときたま行き先を告げずにどこぞに出かけて行く。まさか、ご妻女に会いに行くわけではないだろうし」

三升が必至に言い訳をする。

「あれこれ詮索しては申し訳ないわ」

「いや、心配だから言っているんだ」

「でも、幻宗先生にだって自分だけの時間が必要だわ」

「それはそうだけど」

三升とおしんは言い合いを楽しんでいるような馴れ合いがあった。ふたりは親しい仲なのだ。痴話喧嘩のようなものだ。

「幻宗先生にはご妻女がいたんですか」

新吾はふたりの言い合いに割って入る。

「そうみたいですよ。以前は松江藩の藩医だったんでしょう。その頃は妻女がいたそうです」

三升は待っていたように話す。

「誰から聞いたんですか」

幻宗のことを知っている者がいたことに驚いた。

「去年、幻宗先生を訪ねてお武家さんが来ました。そのお武家さんが仰っていたんです」

「松江藩のお侍でしょうか」

「そうだと思います」

三升は答える。

「そういえば」

おしんが思いだしたように言う。

「何か」

「きのう、薬売りの多三郎さんがやって来たんです」

「多三郎さんが」

胴長短足の暗い感じの男の顔が脳裏を掠めた。土生玄碩の屋敷に出入りをしている男だ。玄碩からの言づてを持ってきたのだろうか。

「いつかも多三郎さんがやって来た次の日に、きょうと同じように外出しました。たまたまかもしれませんが」

間宮林蔵の動きを受け、土生玄碩が幻宗を呼び出したのか。

「そうそう、新吾さん、新しく見習い医が来るのをご存じですか」

三升が思いだしたように言う。

「お医者さんが来るのですか」

「ええ。きのう、幻宗先生が仰っていました」

「そうですか」

これまでにも何人もの医者が幻宗を慕って働きに来たが、無給に近い上に重労働、患者は貧しい者ばかり。みな、長続きせずにやめて行った。唯一、続いているのは三升と新吾だけというありさまだ。

やめて行く者を、幻宗は引き止めることも、けなすこともなかったと、三升は言う。やむを得ないと、呟くだけだ。

「では、私は引き上げます」

亀助と権太のところに顔を出してから、新吾は施療院をあとにした。

通りに出るには遊女屋や呑み屋の並ぶ一帯を通ると近道なので、新吾はそちらに足を向けた。

狭い間口の二階家が並び、戸口に女の姿がちらほら見える一帯に出た。軒下に

『叶屋《かのう》』と書かれた提灯がさがっている家の戸口に襟首まで白粉《おしろい》を塗りたくった女が立っていた。おはつだ。

はじめて幻宗の施療院を訪ねたとき、場所をきいた女だ。

おはつが新吾に駆け寄ってきて、「お侍さん。お医者さまなんですって」

と、驚いたような目を向けた。

「ちっとも知らなかったわ」

おはつは若作りをしているが、二十半ばは過ぎている。

「すみません。言いそびれてしまって」

「ねえ、今度私を診てくれる？」

「どこか悪いのですか」

「そう、ここが疼くの」

いきなりおはつは新吾の手をとって、自分の胸に持って行った。胸の膨らみに触れ、新吾はあわてて手を引っ込めた。

うふっと笑い、「先生、寄っていかない？」

と、おはつは甘ったるい声で言う。

「これから患者さんの家に行かなくてはならないので。何かあったら、施療院に来てください」

新吾は逃げるように小走りになった。

小商いの店はすでにほとんど表戸を閉めていた。欣三の家にやって来たが、中は暗く、ひとがいるような気配はなかった。欣三が寝込んでいるのではないかと心配になった。

それでも戸を開けて中に入ると、婆さんが出て来た。寛吉が死んだあと、食事の世話に雇った通いの婆さんらしい。

「欣三親分はいらっしゃいますか」

欣三の容体もそうだが、無宿人狩りの調べも気になった。

「まだ、お帰りじゃありません」

「いつごろ帰るかわかりませんか」

「いえ」

「欣三親分、体の具合はどうでしょうか」

「ときたま咳き込んで苦しそうにしていますが、元気ですよ」

「そうですか。では、また出直します」

新吾は外に出た。

油堀沿いを大川のほうに向かう。やはり、つけてくる。施療院からだ。見張られるような覚えはなく、錯覚かと思っていたが、違った。

下《しも》ノ橋《はし》の袂に近づいたとき、背後から地を蹴る足音とともに殺気を感じた。新吾は迫ってくる気配を十分に引き付けて、さっと横に身を翻《ひるがえ》した。

頬被りをした着流しの男がたたらを踏んだ。

「何者だ」

新吾は問いただす。

もうひとり、頬被りをした男が現われた。匕首《あいくち》を構えている。

「私を誰か知ってのことか」

ふたりは無言で匕首を構えて迫ってきた。

新吾は愛刀の大和守安定を抜いた。ふたりは臆したように一瞬後退《あとじさ》った。新吾は正眼《せいがん》から八双《はっそう》に構えた。

ひとりは中肉中背《ちゅうにくちゅうぜ》で、もうひとりは細身である。ふたりは再び、迫ってきた。

中肉中背のほうは新吾の左手にまわった。細身のほうは腰をかがめ、正面から飛び掛かってこようかという姿勢だ。

同時に襲いかかるつもりだ。新吾は剣の峰を返した。いきなり左手から中肉中背の男が突進してきた。と、同時に細身の男が新吾の脾腹を狙って踏み込んできた。

新吾はまず中肉中背のほうの匕首を剣ではじき、返す刀で正面からかかってきた細身の男の手首を打った。

ふたりとも落とした匕首を素早く拾って逃げ出した。

「待て」

新吾は追いかけた。だが、ふたりも敏捷《びんしょう》で、左右に分かれて走り去った。

新吾は刀を鞘《さや》に納めた。

誰かが近寄ってきた。

「宇津木先生じゃありませんか」

「あっ、欣三親分」

「どうかなさいましたか」

「いま、遊び人ふうの男ふたりに襲われました」

「襲われた?」

欣三は辺りを見回した。

「もう逃げました」

「何奴ですかえ」

「わかりません。施療院を出てからずっとつけてきました。欣三親分の家に寄ったのですが留守で、そのあとここで襲われました」

「何か心当たりは？」

「ありません。でも、相手は私のことを知っていて襲ったようです」

「そうですか」

欣三は顎に手をやった。

「それより、親分。無宿人狩りのことで、何かわかりましたか」

「いや、板吉の名はまだ見つかってません。だが、七年前の無宿人狩りの名簿の中に、吾助の名がありやした」

「板吉さんがおのぶさんを訪ねたのは吾助さんから名前を聞いていたからと考えられませんか」

「だが、板吉はおのぶを訪ねていないんですぜ」

「それは、おのぶさんが人妻となったと聞いたからですよ。わざわざ、吾助さんのことを知らせる必要はないと考えたのではありませんか」

吾助は佐渡で命を落とした。そのことを知らせようとした。だが、すでにおのぶは人妻になっていた。だから、いまさら知らせる必要はないと考えたのだ。

「佐渡金山の水替え人足の名簿を調べていただけましたか」

「今、調べてもらっています。でも、宇津木先生。その期間の水替え人足は延べにして数千人はいますぜ。そこから、捜し出すのはたいへんだ。仮に見つかったとしても、同名の別人かもしれない。真相を摑むのは難しいだろうぜ」

「欣三親分。私は板吉さんは佐渡帰りだと思っています。三つ黒子の男は別にいます」

「宇津木先生。じゃあ、板吉はどうして殺されたというんですか。佐渡帰りの者を誰が殺したというんですかえ」

「それは……」

「目をつけられた板吉が危険になったからと考えた方が自然じゃありませんかえ」

「……」

新吾は反論出来ず、ため息をつくしかなかった。

「じゃあ、先生。あっしたちはこれで」

欣三と米次が去りかけた。

「欣三親分」

新吾は呼び止めた。

「幻宗先生のところに顔を出してください」

「寛吉の仇をとってやらなきゃならねえ。板吉を殺した仲間を見つけ出したいんですよ。押込み一味を壊滅出来たら、もうこの命はいらねえ。幸い、まだ動けます」

欣三は幻宗のところにもう行かないつもりのようだった。

欣三親分、あなたは間違っている。新吾の訴えは、欣三には届かなかった。

三

ふつか後、新吾は昼前に早く、実家の医院を出て、幻宗の施療院に行く前に、本所亀沢町に向かった。

下駄問屋の『水戸屋』の店先に立つと、内儀のおのぶが奉公人に指図をしていた。

あれから時間が経ち、何か忘れていたことを思いだしたりしていないか。そんな淡い期待を抱いて、おのぶに会いに来た。

新吾に気づくと、おのぶはあらっという顔をした。

おのぶが近寄ってきた。

「また、私に何か」

「はい。すみません、少しよろしいでしょうか」

「向こうに行きましょう」

店先から少し離れた人気のない場所に移動する。

「ひょっとして吾助さんのことで？」

おのぶがきいた。

「吾助さんが佐渡に行ったあと、吾助さんから何か言ってきましたか」

「いいえ、何も」

おのぶは不思議そうな顔をして、「先日、板吉さんというひとがやって来なかったかときいておりましたね。板吉さんは佐渡にいた方なのですか」

「わからないのです。ただ、おのぶさんを東仲町の長屋に訪ねているので、ひょっとしたら吾助さんの言づてを持ってきたのかと思ったのですが」

「吾助さんの言づて？」

「はい。でも、おのぶさんが『水戸屋』さんに嫁いだことを知り、告げる必要もないと思って引き上げたのではないかと思えるのです」

「……」

「吾助さんからは何も言ってこないのですね」

「ええ」

「無宿人狩りから三年経って、吾助さんはもう帰って来ないと諦め、嫁ぐことになさったと、先日仰っていましたが？」

「そうです」

「その頃、吾助さんからもう帰れないという言づてがあったというわけではないんですね」

「ええ、何もありません」

「佐渡帰りのひとが訪ねてきたことは？」

「ありません」

「そうですか。わかりました。すみません。何度も押しかけて」

「ひょっとして」

おのぶが暗い表情になった。

「吾助さんは亡くなったんじゃないかしら」

と、きいた。

「どうして、そう思われますか」

「吾助さんの言づてを持ってきたのなら、ここまで私を訪ねてくるような気がします。嫁いだ私を追ってまで話すようなことではないと、板吉さんが考えたのだとしたら、それは吾助さんが死んだことを知らせにきてくれたのではないかと思ったのです」

「そこまではわかりません」

「そうですね。それに、死んだ知らせなら、形見の品も持ってくるでしょうしね」

「形見の品……」

新吾はあっと思いだしたことがあった。龍の根付だ。

「吾助さんは根付を持っていましたか」

「根付ですか。ええ、持っていましたけど」

「どんな根付か覚えていますか」

「龍の根付です」

「龍の根付？　間違いありませんか」

「ありません。だって、私が買ったんですもの。お客さんからたくさん御祝儀《ごしゅうぎ》をいただいたとき、買ってあげたんです」

「見ればわかりますか」

「……」

おのぶの表情が強張った。

「吾助さんの形見ですか」

「わかりません」

板吉が持って来たのだとすれば形見と考えたほうが無理はない。吾助は死ぬ間際、江戸に帰ることがあったらおのぶという女に渡してくれと言い残したのではないか。ただ、死んだのがいつかわからない。最近かもしれないし、もっと以前かもしれない。吾助が死んで数年経って板吉が江戸に帰れることになったのかもしれない。

「吾助さんは死んだのですね」

「いえ、そうとも言えないと思います」

「……」

「吾助さんは江戸に帰れることになった板吉さんにあなたへの言づてを頼んだ。自分は無事だと伝えてもらうために」

新吾はあえてありえそうもないことを口にした。無事ならば、おのぶからもらった根付を託すはずがない。

おのぶははかなく笑い、「ええ、そうかもしれませんね」

と、頷いた。

そう思うほうが気が休まると考えたのだろう。

「根付を持ってきます。見てください」

果たして、欣三が根付をどうしたかわからない。根付を捨てていないことを祈るのみだ。もし、根付が吾助のものなら、板吉が佐渡帰りだとはっきりするのだ。

おのぶと別れ、新吾は幻宗の施療院に向かった。すぐにでも欣三のところに行きたいが、患者を放っておけなかった。

亀沢町を出たところで、目の端に入った人影があった。回向院《えこう》のほうに向かって歩いて行く後ろ姿に、新吾はその侍のあとを追った。

饅頭笠をかぶった侍だ。新吾はおやっと思った。まさかと思いながら、新吾はその侍のあとを追った。

回向院前に出て、侍はまっすぐ立派な門構えの屋敷に向かった。松木義丹《まつきぎたん》という御目見医師の家だ。

一時、本所・深川《ふかがわ》一帯の町医者は患者をとられたことで幻宗を憎み、松木義丹に泣きついた。幻宗が蘭方医ということもあって、本所・深川の漢方医がいっせいに幻宗の足を引っ張ろうと画策した。その中心にいたのが松木義丹だ。

饅頭笠の侍は松木義丹の屋敷に入った。新吾は迷ったが、出て来るまで待つことにした。正体を確かめたかった。

四半刻後に、饅頭笠の侍が出て来た。今度は正面に見て、新吾は思わず呼びかけていた。

「間宮さま」

間宮林蔵だった。

「おや、あなたは」

林蔵は笠を上げて言う。

「間宮さまは江戸にいらっしゃったのですか」

「なぜですか」

「長崎に行ったのではないかと聞いていたので」

「長崎?」

「はい。シーボルト先生のことで」

「違いますよ。松戸《まつど》のほうです」

「松戸?」

「いえ、それより、新吾どのはどうしてこのようなところに? まさか、漢方医松木義丹どのの偵察ですか」

「とんでもない。間宮さまの姿を見たので追いかけてきたのです」

「私に何か」

「いえ、てっきり長崎に行っているものとばかり思っていたので」

「では、また」

林蔵は行きかけたが、すぐ思いだしたように新吾の顔を正面に見て、「村松幻宗はおかしな男だ。うまく商売をすれば、土生玄碵のように巨万の富を得られようものを」

と冷笑を浮かべ、両国橋《りょうごく》のほうに向かった。

巨万の富……。いったい、どういうことだと、新吾は茫然と林蔵の後ろ姿を見送った。

その日は特に忙しく、新しい患者も三人増えた。ひとりは目眩《めまい》がするという同じ町内に住む年寄り。もうひとりは風邪を引いた子ども。そして、最後は商家の後家だった。

後家は二十五歳で、女盛りに夫を亡くしたため欲求不満らしく、新吾に色目を使ってきた。病自体はたいしたことなかったが、後家の色目には閉口した。

後家が引き上げたあとに、時蔵がやって来た。

「先生、また昨日の夜も五つごろに、頭が割れるように痛くなりました。そうなるとうずくまって痛みが去るのをじっと待つしかないんです。いまはなんともないんですよ」

「わかりました。今夜五つまでに時蔵さんの家に行ってみます」

「どうかよろしくお願いしやす。霊巌寺裏ですので、すぐわかると思います」

時蔵は引き上げた。

夕方になってやっと最後の患者が引き上げたあと、新吾は入院部屋に行った。亀助は抜糸も済み、だいぶよくなっていた。

甲斐甲斐《かいがい》しく権太の看病をしている。亀助が元気になったのがうれしいのか、権太の顔に笑みが見えた。気のせいか、顔色もいいようだ。

「権太さん。ずいぶん、元気そうではありませんか」

新吾は権太に声をかけた。

「ええ、亀助のおかげでいい最期が迎えられそうです」

権太の声にも張りがあった。

「権太さん。そんなこと、言わないでくれ。死神が来たら、俺が追い払ってやる」

亀助が励ますように言う。

「そうですよ。まだまだ生きていくのです。だいじょうぶですよ」

「へい」

「亀助さん、頼みましたよ」

新吾は濡縁に行き、幻宗に声をかけた。

「先生。これから時蔵さんの住いに行ってみます。夜になって頭が痛くなったときに診ようと思いまして」

「妙な症状だ。夜だけとはな」

幻宗は怪訝な顔をした。

「その前に欣三親分の家に寄っていきます。何か伝えておくことはありますか」

「特にない。来ないのは自分が選んだ道だ。その覚悟が出来ているようだ。ただ、悔いのないようにしろと伝えてもらおう」

「わかりました」

新吾は迷った。昼間、間宮林蔵に会った話をしようと思ったが、ためらわせるものがあった。

「では、行ってきます」

結局、言い出せなかった。

「待て」

「はい」

立ち上がりかけて、新吾は再び腰を下ろした。

「板吉の件はどうなったのだ？」

「はい。やはり、板吉さんは佐渡帰りのように思えます。欣三親分は勘違いしているんです」

新吾は根付の件を話した。

「板吉さんは『サ』の字の入れ墨を消そうとしたのです」

「うむ」

幻宗は微かに眉根を寄せて頷いた。

「何か」

新吾は気になってきいた。

「板吉はなぜ入れ墨を消そうとしたのだ？」

「欣三親分に目をつけられたからではないんですか」

「目をつけられて困るのか。板吉は佐渡から脱走したわけではあるまい。だったら、何も恐れることはないと思うが」

「仕事につこうにもつけないと思ったのではありませんか」

「そうかもしれぬが……」

幻宗は納得しないように言う。

「欣三親分は包帯の下に三つの黒子があると思って、板吉さんに目をつけた。板吉さんは佐渡帰りだから目をつけられたのだと思った。お互いが誤解をしていたんじゃないでしょうか」

「……」

幻宗は何も言わなかった。

納得をしていないのだ。何が気になるのか、新吾はわからなかった。

幻宗の施療院を出て、欣三の家に急いだ。

欣三の家の格子戸を開けて奥に呼びかけると、通いの婆さんが出てきた。

「欣三親分、帰っていますか」

新吾が声をかける。

「上がりなさいな」

聞こえたのだろう、居間から欣三の声がした。

「失礼します」

刀を腰から外して、新吾は部屋に上がった。

欣三は長火鉢を前に座っていた。

「親分、板吉の部屋で見つけた根付をお持ちですか」

新吾は腰を下ろすなりきいた。

「なんですね、だしぬけに」

欣三は呆れ返ったように言う。

「龍の根付です」

「ありますぜ。米次」

隣にいた米次を呼び、「根付をとってくれ」

「へい」

米次は神棚に手を伸ばして根付をとった。

「どうぞ」

「すみません」

新吾は根付を改めた。

「宇津木先生。その根付がどうかしたんですかえ」

欣三が訝《いぶか》しげにきいた。

「親分。この根付は無宿人狩りにあった吾助さんのものかもしれません」

「吾助？」

「板吉さんが訪ねようとしたおのぶさんとつきあっていた男です」

「どういうことですかえ」

米次が口をはさんだ。

「おのぶさんは吾助さんに龍の根付を買ってあげたそうです。板吉さんは煙草《たばこ》入れに根付をつけていたと言います」

「……」

欣三の顔つきが変わった。

「おそらく、板吉さんは吾助さんからこの根付をおのぶさんに渡すように言付かってきたのではないでしょうか。いえ、そうではなく、吾助さんの形見としてこれを渡そうとしたのだと思います。でも、すでにおのぶさんは嫁いでいた。だから、この根付は無用のものになったのです」

「そんなばかな」

「親分。この根付をおのぶさんに見せて確かめていただけませんか」

「宇津木先生。もし、そうだとしたらどういうことになるんですか。板吉は佐渡帰りってことになるのですか」

「そうです。ただ、十二年前におそでさんを凌辱したあとに佐渡に送られたとも考えられます。でも、去年の米沢町の押込みの件には関わっていないはずです。したがって、板吉さんは押込みと無関係と考えていいと思います」

その押込み一味に三つ並びの黒子の男がいたのを古着屋の手代が見ていたのである。

「欣三親分。今も、本物の黒子の男は平然と町中を闊歩《かっぽ》しているんです」

「じゃあ、なぜ……」

欣三が喘ぐようにきく。

「なぜ、板吉は『山平屋』に潜り込もうとしたんですかえ。板吉は誰に殺されたと言うのですかえ」

「そのことはわかりません。でも、一つずつ潰していきませんか。まず、板吉が何者なのか。そこから確かめてはいかがですか」

新吾は説き伏せるように言う。

「わかりやした。これから、おのぶのところに行ってみます」

欣三は恐ろしい形相で立ち上がった。

「これから出かけるのはきついでしょう。明日にしたらいかがですか」

新吾は引き止める。

「いや、早いとこ、確かめてえ」

「親分、あっしが行ってきやす」

米次が言う。

「いや、俺がこの目で確かめる」

「親分。おのぶさんのほうも夜分に親分がやって来たら驚きます。明日にしたらいかがですか」

「親分。明日にしましょうよ。朝一番で行きましょう」

「わかった」

欣三は苦い顔で頷く。

「では、私はこれで」

新吾は欣三の家を辞去し、霊巌寺裏に向かった。

そろそろ、五つになる。仙台堀にかかる海辺《うみべ》橋を渡り、霊巌寺前にやって来た。

霊巌寺脇の暗い道を入り、裏手にまわる。

ふと前方に黒い影が現われた。編笠をかぶった侍だ。新吾はそのまま前を行く。編笠の侍も近づいてきた。

殺気がした。新吾は左手を刀に当て、鯉口《こいぐち》を切る。侍とすれ違おうとした。その刹《せつ》那《な》、白刃が舞った。

新吾は身を翻しながら抜刀し、相手の剣を弾いた。

「何者ぞ」

新吾は誰何《すいか》する。

「命をもらう」

上段から斬りつけてきた。新吾は剣を鎬《しのぎ》で受け、相手を引き寄せた。笠の内の顔を見ようとした。暗くてよく見えないが、顎が尖っているのがわかった。

相手はさっと離れ、八双に構えた。新吾は正眼に構えをとる。相手は再び斬りつけてきた。新吾も踏み込んだ。

剣がかち合い、体が入れ代わった。相手は体勢を立て直し、再び八双に構えたが、すぐに刀を下ろした。左手で刀を持つ右手の二の腕を押さえた。

新吾の剣が相手の腕を襲っていたのだ。

新吾は剣尖《けんせん》を相手の目に突き付け、「なぜ、私を襲ったのか、わけを教えてください」

侍は後退る。

そのとき、背後から地を蹴る足音とともに殺気がして、新吾は振り向き、突進してきた賊が突き出した匕首を弾いた。

頬被りをし、尻端折《しりばしょ》りをした大柄な男だ。男はすぐに来た道を戻った。はっとして振り向いたが、すでに編笠の侍は姿を消していた。

新吾は刀を鞘に納めた。

改めて時蔵の住まいに向かった。だが、どこにも時蔵の住まいはなく、近所の者も時蔵という男を知らなかった。

四

翌日の昼前に、欣三の手下の米次がやって来た。

「今朝、おのぶに根付を見せてきました。吾助のものだとはっきりしました」

「やはり、そうでしたか。で、欣三親分はどうしています?」

新吾は心配してきく。

「かなりこたえたみたいでしたが、よけいに闘志を燃やしています」

「そうですか。落ち込んではいないのですね」

「ええ。それはだいじょうぶです。ただ、こうなると、いったい誰が板吉と寛吉を殺ったのかわかりません。それに、押込み一味の探索もいっこうに」

「じつは、私はきのうも何者かに襲われました」

新吾は家の者に聞こえないように小声で言う。

「ほんとうですか」

「私には狙われる心当たりはありません。あるとすれば、この件だけなんです」

「板吉のことですか」

「そうです。じつは幻宗先生の施療院に時蔵という患者がやってきました。ゆうべ、霊巌寺裏にある時蔵の家を訪ねる途中に襲われました」

新吾はきのうの様子を話してから、「出来たら、時蔵の住まいをもう一度捜していただけませんか」

「わかりました。調べてみましょう」

「一度、欣三親分といっしょに今回の件を洗い直してみたいんです。もし、よろしければ、今夜にでも」

「親分に伝えておきます」

米次が引き上げたあと、順庵が帰って来た。漠泉の家に呼ばれていたのだ。

「新吾、ちょっといいか」

「はい」

患者がいないので、順庵は療治部屋に入って来た。

「漠泉さまが心配していた」

「心配？　私のことですか」

香保との婚約を解消したことで、新吾を気にかけているのかと思った。

「いや、香保どのだ」

「香保どのがどうかさなったのですか」

「最近、以前のような溌剌《はつらつ》さがないそうだ。元気がないという」

「どこか、ご加減が……」

新吾も心配になった。

「体の異状ではないようだ。悩みでも抱えているのではないかと言っていた。そこで、新吾に頼みたいそうだ」

「頼み？」

「新吾ならなんでも話すのではないか。だから、ききだして欲しいとのことだ」

「むりですよ」

新吾はかぶりを振る。

「だって、私とは……」

新吾は言いさした。

もう、関係のない間柄だ。悩みがあるなら、相手の男に言うべきだ。それに、自分がしゃしゃり出たら、相手の男に申し訳ない。

「新吾。漠泉さまの頼みだ。叶えて差し上げなさい」

順庵が頼む。

「でも、診療がありますから」

「きょうはわしがいるから心配はいらぬ。香保どのに会ってきなさい」

「でも、会ったからって、すぐ話してくれるわけではありません。時間を無駄にするだけです」

「よい。時間がかかってもききだすのだ」

「でも……」

ほんとうは、もう香保に会うのは辛いのだ。せっかく忘れかけていたのに、いきなり香保のことを持ちかけられてうらめしい気持ちだった。

だが、診療から解放されれば、早めに欣三と会うことが出来る。その打算が働いた。

「では、診療をお願い出来ますか」

「もちろんだ」

「わかりました。香保どのに会いに行ってきます」

順庵はどんな形であれ、漠泉についていきたいのだ。おそらく、漠泉は香保と新吾とがだめになった罪滅ぼしに順庵を御目見医師に必ず推挙すると約束したのかもしれない。


半刻後、新吾は漠泉の屋敷の庭で香保と会っていた。

広い庭で、泉水の周囲が散策出来るようなっている。

はじめてここに来たとき、表御番医師の威光をまざまざと見せつけられた気がした。

患者は金持ちが多く、謝礼も半端ではない額をもらうのだろうと。

小高い丘の上にある四阿《あずまや》に、二人は向かった。

「新吾さま。ご用ってなんですの」

四阿に着いて、香保が明るい声できいた。だが、どこか無理して明るく振る舞っているような気がしてならない。

「その後、どうなさっているかと思いましてね」

「あら、気にしてくださるんですか」

「ええ」

「意外ですわ」

「意外？」

「ええ、新吾さまが私を気にするなんて。もうとっくに忘れてしまわれていたと思いましたのに」

香保はわざとそんな言い方をしている。

初対面でこの庭を散策したとき、香保は体をくっつけんばかりに近づいてきた。まったく物おじしない馴れ馴れしさに、香保はこれまでにたくさんの男とつきあって男馴れしているのだと思ったが、その見方は今では覆されていた。

「正直に答えなさい」

新吾は強く出た。

「あら、何をですか」

「いま、何かに悩んでいるのではありませんか。私にはわかります。以前のような輝きがあなたから消えている」

「あら、輝きだなんて。そんなもの、最初からありませんわ」

「何を突っ張っているのですか」

「……」

香保が不思議そうな表情で見つめる。

「何かついていますか」

新吾はきいた。

「いえ」

首を振り、顔を母家のほうに向けた。新吾もつられて目を向けると、漠泉が立っているのが見えた。

「父は」

香保が沈んだ声で言う。

「あのお方の上っ面だけしか知らないんです」

あのお方とは桂川甫賢の弟、すなわち香保の許嫁《いいなずけ》を指しているのだとわかった。

「上っ面だけ？」

「あのお方には結婚を約束された方もいたそうです。また、何人もの女のひととつきあっていたようです」

「なんという男だ」

新吾は憤慨した。

「殿方とはそういうものでしょ」

「違う」

「あっ、今言ったことは忘れてください」

香保はあわてて言う。

「香保どの。あなたは……」

「言わないで」

香保が制した。

「私は父の望むとおりに生きて行きます」

「あなたらしくない」

「えっ？」

「あなたは望まない結婚をしようとしている。違いますか。あなたが嫁ごうとしている相手をあなたは尊敬出来ない。そうではないのですか」

新吾は夢中になった。

「でも、あなたはお父上の言いなりになろうとしている。あなたらしくない」

「……」

「あなたは、なぜ、思いの丈をお父上に話さないのですか」

「話してどうなりますか。父は縁談をまとめてしまったのです。あとは祝言《しゅうげん》を待つのみ。それなのに、私は気が進みませんとは言えません。言っても、縁談をとりやめることは出来ません」

「奥医師になることですか。それをしたら、父の夢は断たれましょう」

「違います」

「いえ、あなたが勝手にそう思い込んでいるだけではないのですか。漠泉さまはそこまでして奥医師になりたいのですか。それはあなたが勝手に思い込んでいるだけです。そのことを、お父上の口からはっきり聞いたのですか」

「いえ。でも、父を見ていればわかります。父はあなたを私の婿にして栄達の道を歩ませようとしました。父には栄達こそ……」

「違います」

新吾は今度は叫ぶようにはっきり言う。

「私がきょうあなたに会いに来たのは、お父上のご意向です。最近のあなたに元気が見られないことを心配して私を寄越したのです。私ならあなたの本心を聞き出せると思ったようです。なぜ、そう思ったのか」

　新吾はちょっとためらってから、「あなたには私のような男が必要だと思っているからではありませんか」

　新吾は大胆な偽りを口にした。漠泉がそのような思いで新吾に託したわけではないことはわかっていたが、新吾はあえてそういう言い方をした。

「私は漠泉さまにお答えします。桂川甫賢さまの弟君との縁談は気が進まない。そうお答えします。いいですね」

「……」

「あなたを、あんな男の妻にするわけにはいきません」

「でも、もう遅いんです」

「遅くありません。漠泉さまに話します」

「新吾さま、ありがとう。今のお言葉をいただいたことで十分です。もう、だいじょうぶです」

「あなたはお父上を誤解している。きっとわかってくれるはずです。話してきます」

「待って」

　新吾はかまわず母家に向かった。

女中のお春に漠泉への取り次ぎを頼むと、すぐに書斎に案内してくれた。

漠泉が待っていた。

「新吾どの、ごくろうだった」

漠泉は新吾をねぎらった。

「お願いです。香保さまのご縁談をやめて……」

「待ちなさい」

漠泉は手をあげて制した。

「そなたは何か勘違いをしている」

「はっ？」

「私が順庵どのにお願いをしたのは、香保がそなたとのことにまだわだかまりを持っているようなので、一度じっくり話し合わせたいと思っただけだ」

「香保どのはこの縁談を望んではおりませぬ」

「そなたのことが忘れきれなかったからだ。今日で、気持ちの切り替えが出来るはず」

「相手のお方のことをご存じですか。許嫁がいたそうですね。香保どのを気に入り、許嫁を捨てたのではありませんか。他にも女のひとがいるそうです。そんな男に嫁がせるつもりですか」

「桂川家ほどの名家と姻戚関係を結ぶことは我が上島家にとっても誉《ほま》れになろう。なにより、先方のたっての所望」

「そのために、香保どのの気持ちを踏みにじっていいのですか」

「香保はそのことを理解してくれている」

「そんな……」

「新吾どの。わしはそなたが香保の婿になってくれることを望んでいた。だから、長崎遊学の掛かりもすべてもった。だが、そなたはわしの申し出を拒んだ。香保との縁談を断ったのはそのほうだ」

「私は栄達や富を望まず、貧しいもののために働きたい。そう思ったからです」

「貧しいもののために働く。それは結構な心がけだ。では、そなたは金持ちの患者を診ないというのか」

「違います。金があれば、立派な医者に診てもらえます。でも、貧しい者は医者にはかかれません。そんな患者のために働きたいのです」

「それで医者は暮らしていけるのか。幻宗どのの施療院で働いている医者はどれほどの手当をもらっているのだ？」

出来ます」
「ほとんど無給です。でも、食事は出してくれますし、なにより、医術を学ぶことも
「申してみよ」
「それは……」
「医術を学ぶ？　貧しい者の病を利用して医術を学ぶということか」
「違います。幻宗先生から学ぶことです」
「無給で医者をやっているというが、みなそれで堪えているのか」
「それは……」
今は見習い医師の棚橋三升しかいない。今までにも何人も医者がやめていったとい
う。
「以前にも言ったと思うが、幻宗どのの施療院は特別だ。誰か知らぬが、金主がいる
からやっていけるのだ。もし、幻宗どのの金主が金を出せなくなったらどうなるのだ
？　施療院は続けていけまい」
「……」
「それより、新吾どのは順庵どののあとを継いだら、どうするつもりだ？　金主がい
なければ、患者から薬礼をとらざるを得まい。それも安い薬礼では施療院は成り立た

ない」

　新吾は返答に窮した。

「これも以前にそなたに話したことだ。やはり、とれるところから金をとり、貧しいものには薬礼を考慮する。それでこそ、安定して施療院を営んでいけるのではないか。そして、金持ちの患者を取り込むにはそれなりの肩書が必要だ。栄達と富があってこそ、貧しい者の治療が出来る。そうと思わぬのか」

「しかし、現実には金のないものの治療はせず、金持ちしか相手にしない医者が多いのではありませんか」

「ならば、新吾どのはそうではない医者を目指すべきではないのか。それとも、新吾どのは自分も金主を見つけて施療院をやろうと考えているのか」

　先のことまでは考えていない。確かに、患者をただで診るというのはたいへんなことだ。もし、金主に何かあったら……。

　ふいに幻宗の金主ではないかと言われている土生玄碩のことが脳裏を掠めた。

「香保のことから話が逸れてしまったが、もし、そなたが幻宗どののところをやめ、御目見得医師から表御番医師、そしてさらなる栄達を目指すと約束してくれるなら、香保のことを考え直してもいい。どうだ、香保のために考えてみろ」

新吾は拳を握りしめた。香保のためとはいえ、幻宗から離れることはとうてい考えられない。

「わしも先方の悪い噂は耳にしている。あんな男とは知らなかった。出来ることなら、香保をあのような男のところに嫁がせたくないのだ」

あっと、新吾は思った。漠泉はこれを言うために新吾を呼んだのだ。

「返事はあと三日待とう。先方は早く結納をかわしたいと言ってきているのだ。よく、考えよ」

漠泉の屋敷を辞去し、新吾は新たな難題を突き付けられ胸をかきむしりたくなった。幻宗のところを去るつもりはない。そうすることは自分を否定することだ。それは出来ない。だが、それでは香保は好きでもない男に嫁いで行かねばならない。

新吾は茫然としながら永代橋を渡った。

五

香保のことが頭から離れず、永代橋を渡り、佐賀町に入ったあと、新吾は突然声をかけられた。

「宇津木先生」

立ち止まって振り返ると、欣三だった。自身番から出て来たらしく、同心の笹本康平といっしょだった。

「あっ、親分。よかった、ここで会えて」

新吾は笹本にも会釈をして言う。

「あっしも宇津木先生にお話があったんです」

欣三が応じた。

「お取り込み中では……」

欣三の背後に遊び人ふうのふたりの男がいた。

「いえ。もう終わりました。おい」

欣三はふたりに声をかけた。

「これからは堅気のひとに迷惑をかけるんじゃねえ。いいな」

「へい。わかりました」

ふたりともぺこぺこしながら逃げるように走り去った。

「あのふたり、『山平屋』に言いがかりをつけていた男です」

「えっ、見つかったんですか」

「ええ。富ヶ岡八幡宮で堅気の人間に因縁を吹っ掛けていたのを捕まえて問い詰めたところ、『山平屋』に絡んだことを認めました」

「じゃあ、押込み一味ではなかったんですね」

「そうです。板吉とは無関係でした」

「板吉さんはこれで押込み一味とは関係ないとはっきりしましたね」

新吾は確かめた。

「ええ、あっしの見込み違いでした」

「おい、こんなところで立ち話をしてもしょうがない」

笹本康平が口をはさみ、「欣三の家がいい」

「わかりやした。じゃあ、行きましょう」

「親分。米次さんは？」

「霊巌寺裏の時蔵の家を捜している。あとで、家に来るはずだ」

欣三は答えた。

体は痩せ細り、頬もこけているが、眼光は鋭く、声にもまだ力強さが残っていた。

欣三の家に着き、居間に腰を下ろした。笹本康平がいるからか、欣三は長火鉢の前には座らず、濡縁のほうに腰をおろした。

「婆さん、酒の支度をしてくれ」

欣三は声をかける。

「はい」

婆さんは台所に向かった。

笹本康平は部屋の真ん中にあぐらをかき、新吾は欣三の近くに正座をした。

「これで板吉殺しは押込み一味の件とは関わりないことになった」

笹本康平が切り出した。

「へえ、板吉は佐渡帰りの仲間にやられたのか、江戸に帰って何らかのいざこざに巻き込まれたのか」

欣三は厳しい表情で言い、「いずれにしろ、三つ並びの黒子の男とは関わりなかった。ちくしょう、黒子の男をせっかく捕まえたと思ったのに」

と、無念そうに言う。

「私が気になるのは、どうして板吉さんが左腕の『サ』の字を消そうとしたのかなんです。板吉は佐渡帰りを隠すために入れ墨を消した。そのように考えてみましたが、納得出来ないんです」

「どういうことだ？」

笹本康平が顎に手をやりながらきく。

「板吉さんが火傷をしたのは『山平屋』の離れに落ち着いたあとです。『山平屋』への奉公を頼んだときは、まだ左手に包帯を巻いていました。つまり、板吉さんは左腕の入れ墨を、仕事にありつくための支障とは考えていなかったことを物語っています」

「じゃあ、どうして、あとになって入れ墨を消そうとしたのですか」

欣三がきいた。

「そこが不思議なんです。少なくとも、『山平屋』にいるあいだは入れ墨を消す必要を感じなかったはずです。それなのに、なぜ、その気になったのか」

新吾はかねてからの疑問を口にする。

「やはり、板吉は佐渡で何かいざこざを起こし、江戸に逃げてきたのかもしれぬな」

笹本康平が腕組みをした。

そうだろうかと、新吾は首を傾げた。

何者かに追われていたのだとしたら、左腕の入れ墨など関係ないはずだ。追手は板吉の顔を知っているはずだ。

それに、命を狙われている身で、ひとを助けたりする余裕があったろうか。おのぶを訪ねたり、絡まれている山平屋忠兵衛を助けたりしたのは、追いつめられた状況ではないからだ。

何かおかしい。何かが、間違っている。

板吉は忠兵衛を助けたあと、『山平屋』への奉公を懇願したという。それなのに、忠兵衛は助けてもらった礼ということで離れを使わせた。

その間に、板吉は自分で仕事を見つけて来た。だが、入れ墨があると雇ってもらえない。そこで、焼いて消そうとした。

しかし、板吉が仕事を見つけたという様子はなかった。

格子戸が開いて、米次が現われた。

「宇津木先生、来ていなすったんですか。ちょうどよかった。時蔵って野郎、どこにもいませんでしたぜ」

「やはり、そうですか」

自分を誘《おび》き出すために患者の振りをしてやってきたのだ。一度、あとをつけて襲いかかって来た連中の仲間に違いない。

「何者なんでしょうね」

欣三は不思議そうな顔をした。

「私は板吉さんのことを調べているだけなのに、なぜ襲われなければならなかったのか」

「それだ」

笹本康平が突然声を出した。

「旦那、なんですかえ」

欣三が聞き返す。

「宇津木どのが襲われたのは板吉を調べていたからだ」

「どうして、板吉を調べていたことが狙われることになるのですか」

欣三がさらにきく。

「板吉さんが佐渡帰りだと気づかれたくなかったからです」

新吾ははっと気づいて言う。

「どういうことですか。板吉はすでに死んだんですぜ。死んだ男が佐渡帰りだとわかったからといって……。あっ」

欣三も声を上げた。

「板吉を三つ並びの黒子の男のままにしておきたかったってことか」

「そうだ。そういうことだ」

　笹本康平は眦《まなじり》をつり上げ、「三つ並びの黒子の男が死んだことにしたかったんだ。たまたま、板吉も同じ位置に包帯を巻いていた。だから、板吉を身代わりにしようとしたのだ」

「いってえ、何のためにですかえ」

「欣三が三つ並びの黒子の男を追っていることが押込みの連中にわかったのだ。だから、身代わりを作って、目をそらそうとしたのだ」

「でも、板吉は自ら入れ墨を消そうとしたんですぜ。もし、板吉がそれをしなければ、身代わりに出来ないではありませんか」

　笹本康平と欣三のやりとりを聞いているうちに、新吾はあることに気づいた。板吉が佐渡帰りではないかという話をしたのは、欣三以外には忠兵衛だけだ。

「『山平屋』だ」

　新吾は覚えず声を張り上げていた。

「『山平屋』?」

　欣三は怪訝そうにきいた。

「私が板吉の佐渡帰りの話をしたのは、山平屋忠兵衛だけです」

　新吾の頭の中が忙《せわ》しく回転した。

「私たちは板吉さんのことに関してすべて忠兵衛の言葉を鵜呑みにしていました。でも、忠兵衛の言うことはほんとうだったのでしょうか」

「忠兵衛が嘘をついていると言うんですかえ」

欣三がかみつくような勢いできいた。

「そう考えれば腑に落ちます。まず、なぜ、忠兵衛は板吉さんを離れに住まわせたのでしょうか。板吉さんのほうから『山平屋』で働かせて欲しいと言ったということですが、奉公人は間に合っているからと断った。それなのに離れに住まわせた。助けてもらった恩と言ってましたが、そこまでするようなことだったでしょうか」

新吾は笹本康平から欣三に目を移し、「忠兵衛はある狙いがあって板吉さんを離れに囲ったのではないでしょうか」

「狙い？」

「板吉さんがならず者をやっつけたあと、欣三親分がかけつけた。そのとき、欣三親分は板吉さんの左腕の包帯を気にした。忠兵衛は欣三親分が三つ並びの黒子の男を追っていることを知っていた。それで、板吉さんを利用することを思いついたのです。つまり、板吉さんを三つ並びの黒子の男に仕立てて始末することです」

欣三は唖然としたように口を半開きにした。

「欣三親分はその後『山平屋』に、板吉が押込みの一味で仲間を手引きして押込みをすると話しましたね。そのことを聞いて、忠兵衛はその流れにそって、板吉を始末するように計画を練ったのです」

「左腕の入れ墨を消すように命じたのは忠兵衛ではないでしょうか。たとえば、板吉さんにはこう言ったのかもしれない。これから『山平屋』で働いてもらうには入れ墨が差し障る。今後のためを思い、火傷させて消してもらいたいと」

「あの火傷は忠兵衛に勧められたのか」

「そうです。入れ墨を消すことによって、黒子を消したように思わせたのです」

「……」

「忠兵衛は欣三を勘違いするように手引きしたというわけだ」

笹本康平が吐き捨てた。

「忠兵衛は板吉さんを始末するために雨の夜に使いに出した。三つ並びの黒子の男が迎えに来たのかもしれません。板吉さんは自分が殺されるとも知らずに出かけて行った。そのあとをつけて行ったのが寛吉さんです。でも、寛吉さんは気づかれてしまった……」

「なんてこった。じゃあ、俺がとんだ勘違いをしたばかりに、板吉や寛吉を殺させてしまったってことか」

欣三が呻くように言う。

「いいえ、違います。欣三さんの追及のおかげで、押込み一味があぶりだせたのです。板吉さんと寛吉さんを殺したのは押込みの一味で、親分のせいではありません」

「そうだ、欣三。おめえのせいではない。それよか、おめえの手柄だ。今の話を聞いて思い当たるが、去年の押し込まれた米沢町の古着屋は、『山平屋』と同じような絣《かすり》の着物を売り出して大当たりをとっていた店だ。『山平屋』とは同じような売物で競合していたところだ。押込みに入られたあと、米沢町の古着屋は低迷し、『山平屋』が活況を呈するようになったんだ」

笹本康平が言う。

「そうでしたね」

欣三も気づいたように言い、「そういえば、『山平屋』が古着屋をはじめたのは十二年前です。池之端仲町にあった古着屋に押込みが入ったころです」

「何かあるな」

笹本康平の目が鈍く光った。

「きっと何かあるはずだ。欣三、調べてみるんだ」

「へい」

「ただ、まだ山平屋忠兵衛が押込み一味の黒幕だという証がない。それを探すのだ」

「わかりやした。忠兵衛のやろう」

欣三が落ち窪んだ目をいっぱいに見開いた。

「宇津木どの。おかげで目処《めど》が立った。礼を言う。あとは我らに任せてもらおう」

笹本康平が言う。

「はい。お願いいたします」

「おや、婆さん。なに突っ立っているんだ？」

欣三が気づいて声をかけた。手伝いの婆さんがちろりを持ってうろうろしていた。

「燗が冷めてしまいました。皆さんが夢中で話していらっしゃるので怖くて入れませんでした」

婆さんは小さくなって言う。

「そいつはすまなかった。冷めてもいい。もらおう」

笹本康平が言うと、婆さんはほっとしたようにちろりを置いた。

「では、私はこれで失礼します。欣三親分。体のほうは？」

「なあに、だいじょうぶですよ。おかげで、生きているうちに十二年来の宿願が果たせそうです。あの世で、おそでに顔を合わせられます」

欣三の目に生気が漲《みなぎ》っていた。

新吾は外に出てからふいに香保のことを思い出した。香保は望まぬ結婚をしようとしている。

いったい、どうしたらいいのだと、新吾は思わず天を仰いでいた。

第四章　末期の捕縛

一

数日後の夕方、新吾は順庵とともに往診に出た。日本橋久松《ひさまつ》町にある炭問屋の主人のところだった。

患者はわがままだった。高い金を払っているのだから当然だと思っている。心の臓が弱っていて、動悸が激しいらしい。とにかく肥っている。

激しい動きに注意すれば、ふつうに暮らしても差し支えない。体を動かして、痩せたほうがいいと言っても、大食いはやめない。

診療が済んだあと、酒肴《しゅこう》が出された。遠慮しようとしたが、順庵は平気で酒を呑みだした。

おかげで、外に出たとき辺りはすっかり暗くなっていた。

「いつも酒を馳走になるのですか」

「酒の相手をすれば、患者も安心する。また、薬礼も多くくれる」

「まるで、金儲けの商売ではないですか」

新吾は抗議する。

「相手は金を持っているんだ。気にすることはない」

順庵は涼しい顔で言う。

浜町堀《はまちょう》に出た。

「それより、もっと食べ物の量を減らすように強く言ったほうがいいんじゃないですか。あれでは肥りすぎです」

新吾は呆れたように言う。

「だめだ。何度か言ったが、ひとの楽しみを奪うなと怒りだす。言うことをきかない」

「でも、命に関わりますよ」

「まあ、患者に合わせるだけだ」

今度、ひとりで往診に出かけることがあったら、強く言おうと思った。

栄橋《さかえばし》を渡りかけたとき、向こう岸を歩いて来た遊び人ふうの男が目の前を横切り、堀沿いを馬喰《ばくろ》町のほうに向かって行く。

新吾は男の横顔を見てあっと叫びそうになった。幻宗の施療院に現われ、奇妙な症状を言って霊巌寺裏まで新吾を誘き出した時蔵だった。

あれから、欣三親分から何の知らせもない。『山平屋』と押込み一味の繋がりがまだ摑めないのだ。

「義父上《ちちうえ》。すみません。ちょっと急用を思いだしました。先に帰ってくださいませんか」

「なに、急用だと？」

順庵は顔を歪めた。

「すみません。お願いします」

薬籠持ちの男にも告げ、新吾は時蔵のあとをつけた。

時蔵は馬喰町に出て、浅草《あさくさ》御門のほうに向かった。行き交うひとも多く、また辺りも暗く、気づかれる恐れはなく、新吾はあとをつけた。

時蔵は浅草御門を抜けた。そのまま蔵前《くらまえ》のほうに向かった。

御蔵前片町《おくらまえかた》で左に折れ、元鳥越《もととりごえ》町に入った。そのころから、時蔵はときたま背後を気にした。が、ただ用心深くなっているだけで、つけていることに気づいてはいなかった。

時蔵は鳥越神社の近くにある二階家に入って行った。新吾は用心深く近づく。裏手にまわる。

二階の窓が開いて、灯が漏れている。暗がりに身をひそめ、眺めていると、人影が現われた。

時蔵ではなかった。細身の男だ。

新吾はその場を離れた。

翌朝早く、新吾はもう一度、鳥越神社の近くにある二階家にやって来た。

斜め前にある呑み屋の角から、二階家の戸口が見通せる。呑み屋は雨戸がしまっていて、怪しまれる心配はなかった。

しばらくして、格子戸が開いて女が出て来た。三十前と思える、首の長い細身の女だ。

女は鳥越神社に向かった。毎朝、お参りをしているのかもしれない。すぐに戻って来て、家内に消えた。

新吾は近くにある豆腐屋に行き、「すみません。この近くに時蔵さんというひとが住んでいませんか」

と、小肥りの亭主にきいた。

「時蔵さんですかえ。さあ、知りませんねえ」

「そうですか」

「あそこの二階家かとも思ったのですが……」

「そういえば、あそこには数人の男が住んでいますね。もしかしたら、二階の部屋を借りているのかもしれませんね」

「居候？」

「ええ、あの家は冬二《とうじ》さんとおきんさんが住んでいますが、二階の部屋を貸しているそうです」

「冬二さんというのは何をやっているのでしょうか」

「仲買じゃないですか」

「仲買？　どんな品物を扱っているのでしょうか」

「織物じゃないですか」

「織物……。どんなひとですか」

「大柄でがっしりしたひとです」

板吉と似たような体つきだ。

「冬二さんに会ったことはありますか」

「見かけた程度です」

「おきんさんと話したことは？」

「いえ、ありません。あそこは住み込みの女中がここに買い物に来ますので」

「そうですか」

「お侍さん。あのふたりがどうかしたんですか」

「いえ、なんでもないんです。ただ、あそこに入って行った男のひとが知り合いに似ていたものですから。いえ、人違いだったかもしれません」

適当に言い、新吾は豆腐屋をあとにした。

それから、浅草御門を抜け、青物の朝市で賑わっている両国広小路から両国橋を渡り、欣三の家に向かった。

欣三の家に着くと、米次が出て来た。

「欣三親分は？」

「へえ、まだ、寝ています」

「寝ている？」

新吾は胸騒ぎがした。

「まさか、起きられないのでは？」

「へえ」

米次は曖昧《あいまい》に頷く。

「ちょっと上がらせていただきます」

新吾は上がり、欣三が寝ている部屋に行った。

欣三は坪庭に面した部屋で寝ていた。

「親分。だいじょうぶですか」

新吾は欣三のそばに行った。

「なんだか一昨日あたりから腹が痛みだして」

欣三は薄目を開けた。さらに痩せていた。

「ちょっと失礼します」

寝間着の胸元をはだけ、胸から腹部にかけて手で軽く押していく。腹部にしこりがあった。

押すと、痛いと言った。胸に出来た腫瘍が胃にも広がったようだ。

次に目を見る。濁った目だ。病の進行を物語っている。

「幻宗先生に来てもらいましょう」

新吾が腰を浮かしかけると、「もういい」

と、欣三が引き止めた。

「先生。あっしはもういけねえ。じたばたしねえ」

「何を言うのですか。押込み一味をどうするのですか。おそでさんや寛吉さんの仇をとるのではありませんか」

「そのことだけが心残りだ。先生、そのことが悔しい。山平屋忠兵衛を追いつめる証が見つからねえ。忠兵衛め。用心しているのか、まったく動きを見せねえ」

「そのことですが、私を罠にはめようとした時蔵を見つけました」

「ほんとうですかえ」

「ええ、鳥越神社の近くの二階家に冬二とおきんという夫婦者が住んでいて、時蔵はもうひとりの男と二階に住んでいます。冬二は織物の仲買をしているそうです」

「織物の仲買ですって」

「ええ、古着屋の『山平屋』とは繋がりがありそうです」

欣三の青黒い顔に赤みが差した。

「米次」

欣三は米次を呼んだ。

「へい、聞きました。これから行ってみます」

「俺も行く」

「えっ？」

米次と新吾は同時にきき返した。

「米次。起こせ。早く、起こすんだ」

欣三は起き上がろうとした。凄まじい執念だ。

「米次さん。起こしてあげてください」

「へい」

米次が急いで介添《かいぞ》えをした。

着物の尻を端折り、羽織を着ると、欣三はしゃきっとし、「先生。案内を」

と、急かした。

外に出ても、まるで元気な人間のように欣三はすたすたと歩いた。

「親分。だいじょうぶですかえ」

米次が心配してきく。

永代橋を渡ったところで、「米次。おめえは八丁堀《はつちようぼり》に行き、笹本の旦那に鳥越神社まで来てもらうように言うんだ。もう、奉行所に向かったかもしれねえが」

「合点だ。じゃあ、宇津木先生。親分を頼みました」

「わかりました」

米次は霊岸島のほうから八丁堀に向かった。

新吾と欣三は浜町堀を越え、浅草御門を抜けて、元鳥越町にやってきた。

鳥越神社近くの二階家の戸口を見通せる呑み屋の脇に立った。

「あの家です」

新吾は指差す。

「先生。今度は間違いないって感じがしますぜ。いや、絶対にそうですぜ」

欣三は自分を鼓舞《こぶ》するように言う。

「あっ、誰か出てきます」

新吾と欣三は路地に身を隠した。

格子戸を開けて出て来たのは時蔵だった。そして、続いて大柄でがっしりした男が現われた。

「最初に出て来たのが私を騙した時蔵です。大柄な男は冬二だと思います」

「あとをつける」

欣三が厳しい声で言う。

「親分はここにいてください。私があとをつけます」

新吾は欣三を押し止め、ふたりのあとをつけた。

時蔵と冬二は鳥越神社の前の道から武家屋敷地に入った。そして、酒井左衛門尉《さかいさえもんのじょう》の屋敷の塀沿いを神田川《かんだ》に向かった。

神田川に出る。ふたりは左衛門河岸を行き、途中にある船宿に入った。誰かと待ち合わせているのだ。山平屋忠兵衛ではないかと思った。

ゆうべ、時蔵が浜町河岸からやってきたが、おそらく新大橋《しんおおはし》を渡って来たのだろう。門前仲町の『山平屋』の帰りに違いない。その上での、冬二の動きではないか。

新吾は船宿の脇から川に出た。そして、船着場が見える場所に隠れた。

忠兵衛が来るとすれば、舟だ。つけられることを防ぐことが出来る。

秋風がひんやり吹いてくる。橋の上を若い女が通り、香保を思いださせた。結納は済んだろう。

香保はもう自分の手の届かないところに行ってしまったのかと思うと、胸が締めつけられた。

だが、いずれにしろ、自分と香保とは縁がなかったのだ。栄達と富を求める人間であったなら、いや、そういう人間でなかったにしろ、もし幻宗という男を知りさえしなければ、素直に香保と所帯を持っていた。

自分は幻宗によって医者とは何かを教わったのだ。幻宗のような医者になる。それが、天が自分に与えた使命なのだ。そう思った。

そう思いながらも、香保のことを思いだせば、胸を掻きむしりたくなる。なぜ、自分の進む道に香保がいてはならないのか。天はなぜ、そういう心遣いをしてくれなかったのか。

亀助が女に裏切られて生きる希望を失ったことがよくわかる。亀助は退院出来るまでに回復したが、権太の世話のためにまだ施療院に残っていた。権太への思いはまるで肉親に向けるものと同じだ。権太が死んだら、また何もかもいやになったりしないか、かえって心配になるほどだった。

大川《おおかわ》から猪牙船《ちょきぶね》がやって来た。新吾は身を乗り出した。

ゆっくり舟は船着場に接岸した。羽織姿の客が立ち上がった。新吾は目を凝らした。舟から上がったのはまぎれもなく山平屋忠兵衛だった。

新吾は一番近い自身番まで走った。玉砂利を踏み、家主や店番の者が詰めている部屋に顔を出した。

「私は宇津木新吾と申します。鳥越神社の近くに同心の笹本康平どのと目明かしの欣三親分がいます。ふたりのところまでどなたか行っていただくわけには参りませんか」

家主らしい男はうろんな目を向け、「いったい、どういうわけでございますか」と、きいた。

「詳しく話している余裕はないのですが……」

「ご覧のように、今使いを出せるような者はおりません」

詰めているのは年配の者ばかりだった。

「わかりました。お騒がせしてすみません」

新吾は自身番を飛び出し、自ら鳥越神社に向かって走った。

鳥越神社で、笹本康平と米次が待っていた。

「欣三親分を呼んできます」

新吾はさっきの場所に急いだ。だが、欣三の姿がなかった。新吾は路地の奥に行った。

そこでうずくまっている欣三を見つけた。

「欣三親分」

欣三の顔を覗き込む。

「ああ、もうだいじょうぶだ」

欣三が立ち上がった。

だが、顔が青ざめている。

「欣三親分。引き上げましょう」

「だいじょうぶだ」

「でも」

「いや。それより、あのふたりは?」

自分の体より、押込みの一味を捕まえることのほうが、欣三には大事なことなのだと、新吾は自分に言い聞かせた。

「左衛門河岸にある船宿で忠兵衛と会っています」

「ほんとうですかえ」

欣三の目が鈍く光った。

「鳥越神社に笹本さまもいらっしゃっています」

「よし、今度こそ」

欣三は鬼のような形相で言う。死神と闘っているのだと、新吾は思った。

二

新吾は欣三たちと左衛門河岸にやってきた。

「あの船宿にまだいるはずです」

新吾がここから離れたのは四半刻ちょっとだ。忠兵衛たちはまだいるはずだ。欣三や笹本はどうするつもりか。

「踏み込みましょう」

欣三が言った。

「うむ」

笹本が迷ったのは、証がないからだろう。

「宇津木さんを襲った時蔵と忠兵衛が会っているんです。その説明をきく必要があるんじゃありませんか」

「しかし、忠兵衛と時蔵たちがほんとうに会っているかどうかもわからない」

「会っているはずです」

欣三は訴える。

欣三には時間がないのだ。そう思ったとき、新吾は笹本康平の前に出た。

「私が乗り込んでみます。私には時蔵を問い詰める理由がありますから」

「旦那。お願いします」

米次も頼む。

「わかった。宇津木どのに頼もう」

「はい」

新吾は頷いた。

「万が一、違っていたらすぐ出て来ます。しばらく経っても出てこなければ押しかけてください」

「わかった」

笹本康平が応じる。

新吾は船宿に入って行く。

女将らしい女が出て来た。

「時蔵さんは来ていますか」

「時蔵？」

女将が怪訝そうな顔をした。

「冬二さんといっしょに山平屋忠兵衛さんと会っていると思いますが」

「ああ、あのひとですね」

「案内していただけますか」

「どうぞ」

女将は疑うことなく新吾を上げた。

新吾は刀を外して女将のあとを二階の座敷に行った。

梯子段を上がったとば口にある部屋の襖の前で女将が佇《たたず》んだ。

「失礼します。お連れさまがおいでになりました」

襖を開け、女将が言う。

「何かの間違いだ。連れはいない」

部屋から声が聞こえた。忠兵衛の声だ。

「私ですよ」

新吾は部屋に入った。

「あっ」

三人が同時に声を上げた。

「きさま」

時蔵が立ち上がって身構えた。

「時蔵さん。あれから来ないので心配していたんですよ。まだ、夜になると頭が痛みますか」

「失礼ではないか。よその部屋に入り込んで」

忠兵衛が気色ばんで言う。

「『山平屋』さん。このひとたちとはどういう間柄なのですか」

「あんたには関係ない」

「関係ありますよ。時蔵さんは私を騙して霊巌寺裏まで誘き出し、殺そうとしたのですからね。そうそう、そのとき、もうひとりいましたが、こちらにいる冬二さんだったのではありませんか」

「ふざけたことを」

冬二が片頰を引きつらせた。

「『山平屋』さん。このひとたちとはどのようなご関係ですか」

新吾はもういちどきいた。

「商売上のつきあいだ」

「時蔵さんを使って私を襲わせたのは『山平屋』さんの差し金ではないのですか」

「何を寝ぼけたことを」

　忠兵衛が顔をしかめて言う。

「でも、板吉さんを三つ並びの黒子の持ち主として始末したのに、私が板吉さんは佐渡帰りだと言い出したので……」

「黙れ。あることないこと言い立てて」

「冬二さん。ちょっと左腕の内側を見せていただけますか」

「なに」

　冬二はあわてて左手を隠した。

「どうしました？　左腕の内側に何かあるのですか」

「失礼だ。女将」

　忠兵衛が手を叩いた。

　襖が開き、女将が顔を出した。

「この男を呼んだ覚えはない。帰ってもらってくれ」

　忠兵衛が大声を張り上げる。

「それが……」

女将が当惑した顔をした。

「どうしたんだ？」

忠兵衛はいらだったように言う。

「『山平屋』、こういうわけだ」

欣三がぬっと顔を出した。

「あっ」

冬二と時蔵が飛び上がった。

「じたばたするな」

欣三が一喝する。

「なんの真似だ」

忠兵衛が腰を浮かしてどなった。

「『山平屋』。騒ぐな」

笹本康平が部屋に入って来た。

「時蔵。この宇津木先生をだまして殺そうとした疑いで捕らえる。おとなしくするんだ」

「なんのことかわからねえ」

「時蔵さん。じたばたしても無駄ですよ」

新吾は懐に手を入れた時蔵の腕を摑んだ。

「痛え」

引っ張りだした時蔵の手に匕首が握られていた。新吾は匕首を奪い、ひねり倒した。

そこに、米次が飛び掛かって後ろ手に縄で縛った。

「冬二。左腕を見せろ」

欣三が迫る。

「な、なんのために見せなきゃいけねえんだ」

冬二の声が震えを帯びた。

「何を怯えているんだ。左腕を見せてくれと言っているだけだ。それとも、見せられねえわけでもあるのか」

「見せる必要がねえから見せねえだけだ」

「親分さん。失礼じゃありませんか」

忠兵衛が憤然として言う。

「『山平屋』、黙っていろ」

欣三は一喝し、「冬二。見せねえなら力ずくで見せてもらうぜ」

欣三が冬二の左腕を掴んだ。

「見せろ」

冬二の左腕の袖をまくった。そこに三つきれいに並んだ黒子があった。

「とうとう見つけたぜ」

欣三が声を絞り出すように言う。

「てめえだな。十二年前、池之端仲町にあった古着屋に押込み，主人夫婦を殺し、おそでという娘を手込めにしたのは」

「知らねえ」

冬二は呻きながら言う。

「しらっぱくれてもだめだ。米沢町の古着屋の手代も見ていたんだ。言いたいことがあれば大番屋できこう」

「親分さん。何かの間違いです」

忠兵衛が叫ぶように言う。

「『山平屋』。おめえには板吉と寛吉を殺した疑いもかかっているのだ。じたばたするな」

欣三は鬼気せまる声で怒鳴った。

「『山平屋』。そなたも来るのだ」

笹本康平は忠兵衛に言ってから、廊下で茫然としている女将に、「女将。騒がせてすまなかった。この者たちは押込みの疑いがかかっている」

と、告げた。

三人を外に連れ出し、佐久間町《さくまちょう》の大番屋《おおばんや》に向かった。

大番屋は目と鼻の先だ。三人を大番屋の仮牢に入れてから、笹本康平は米次に、

「津久井さんを呼んでくるのだ」

と、命じた。

「へい」

米次は大番屋を出て行った。

霊岸島と小網町で亡骸の見つかった板吉と寛吉殺しの探索は津久井半兵衛の掛かりで、本所・深川を扱う笹本康平は板吉と寛吉殺しでの冬二と時蔵の取り調べは遠慮したのだ。

ただし、裏で糸を引いていた山平屋忠兵衛の取り調べは笹本康平と欣三が行った。

欣三は、忠兵衛を仮牢から出させた。新吾は忠兵衛の取り調べを見届けたかった。

「よし、まず、時蔵だ」

笹本康平が言い、欣三が時蔵を連れ出した。

莚の上に座るのを待って、「時蔵」

と、欣三がぐっと顔を突き出した。

「板吉と寛吉を殺ったのもおまえだな」

「何のことだか」

時蔵は口許を歪めた。

「忠兵衛に命じられて殺ったのか」

欣三は時蔵の返事を無視して言う。

「知らねえと言っているだろう」

「そうか。じゃあ、自分ひとりで殺ったのか。板吉と寛吉を殺したのはおめえの一存ってことだな」

「そんなこと言ってねえ」

「どうして殺したんだ？」

「そんなことを言ってねえじゃねえか」

時蔵はいらだって答える。

「どうして宇津木先生を殺そうとしたのだ？」

「いい加減にしてくれ。俺が殺ったなんてひと言も言ってねえ」

「じゃあ。誰が殺ったんだ？」

「知るもんか。俺がやったって言うなら、その証を見せてくれ」

「時蔵。おまえはこの宇津木先生の診察を受けに行ったな」

笹本康平が口をはさむ。

「覚えていません」

時蔵はとぼけた。

「しかし、宇津木先生は覚えている。また、幻宗先生の施療院の手伝いの女も覚えている。とぼけても無駄だ」

笹本康平の目配せを受けて、新吾は時蔵の前にしゃがんだ。

「時蔵さん。私はあなたの診察をしました。右胸にどういう痣があるか覚えていますよ」

新吾が言うと、時蔵は薄ら笑いを浮かべ、「ひと月ぐらい前に施療院に行きました。そんときの記憶でしょう」

と、言い逃れた。

「いえ、記録があります。あなたが、いつ来たかは記録を調べればわかりますよ」

時蔵は俯いた。

「あなたは霊巌寺裏に住んでいませんでしたね。なぜ、私に嘘をついたのですか」

「別に嘘をついたわけじゃ……」

「私を襲うためですね」

「知らねえ」

「なぜ、私を殺そうとしたのですか」

「そんなこと知らねえ」

時蔵はあくまでもしらを切るつもりのようだ。

「先生、もういいでしょう」

笹本康平が口を入れた。

「『山平屋』と交代だ」

時蔵が仮牢に戻り、忠兵衛が莚の上に座らせられた。

「『山平屋』。おめえは俺が三つ並びの黒子の持ち主を押込み一味の仲間として追っていることを知っていたな。たまたま、おめえは因縁をつけてきたならず者を追い払ってくれた板吉が左腕に包帯を巻いているのを見て一計を案じた。どうだ?」

欣三が切り出した。

「なんのことかわかりません」

忠兵衛もまたとぼけた。

「おめえは冬二が古着屋に押し入った盗賊だと知っていたな」

「違います。冬二さんはそんなひとではありません」

「まあ、あとで、鳥越神社の近くにある冬二とおきんの家を調べてみる。何が出てくるか楽しみだぜ」

欣三は含み笑いを浮かべた。

「『山平屋』」

今度は笹本康平が声をかけた。

「板吉を殺すように命じたのはそなたか」

「知りません」

「冬二や時蔵が勝手に殺ったと言うのか」

「……」

「どうなんだ？　板吉と寛吉に実際に手を下したのは冬二と時蔵だ。そなたが命じたか、冬二と時蔵が勝手に殺ったかだ」

「……」

「だんまりか」

笹本康平は顔をしかめた。

「笹本さま。私に質問をさせてもらっていいですか」

新吾は進み出た。

「どうぞ」

「では」

新吾は忠兵衛の前にしゃがみ、「『山平屋』さん。板吉さんに入れ墨を焼いて消すように勧めたのはあなたではないですか」

と、きいた。

「そんなこと言っていません」

忠兵衛は頑《かたく》なに否定した。

「板吉さんの腕はきれいに一寸四方の火傷の跡がついていました。誤って真っ赤な炭がふれたのならあのような形にはなりません。また、自分でやったとしても炭を押しつけたとき、熱さから腕を曲げたりして他の皮膚も火傷を負ったに違いありません。でも、火傷跡はきれいだった。つまり、自分ひとりでやったのではなく、板吉さんは誰かに手伝わせたのです。手伝ったのは『山平屋』さん、あなたではありませんか」

「違う」

「では、奉公人の誰かでしょうか。あなたが、捕まったと知れば、奉公人は正直に話してくれるかもしれませんね。入れ墨を消そうとしたわけを」

「……」

忠兵衛は不安そうな表情になった。

「よし、いいだろう。次は冬二だ」

笹本康平が言い、今度は冬二が莚に座った。

「冬二。やっと会えたぜ。この十二年間、おめえを捜し続けたんだ」

欣三が待ちきれずに切り出した。

冬二は不快そうに顔を背ける。

「冬二。てめえが十二年前に押込み先で手込めにした娘は自害したんだ。ふた親を殺され、傷物にされ、絶望して首をくくった。死ぬ前に、娘は俺に言った。左腕に三つ並びの黒子のある大柄な男だったとな」

欣三は冬二の左腕を掴み、「これだよ。おそでが見たのはこの腕だ」

と、顔を歪め、「去年の米沢町の押込みの一味にも、これと同じ黒子の男がいたのだ。その者に、おめえを見せたら、なんと言うかな」

「あっしにはなんのことかさっぱりわからねえ」

「おめえまで、口を揃えたようにしらを切るのか。まあいい。とぼけられるのも今のうちだ。おめえの家をしらみ潰しにしたら何か出てくるだろうよ。それが楽しみだ」

そうこうしているうちに津久井半兵衛がやって来た。

「板吉と寛吉を殺した下手人を捕まえたってほんとうか」

半兵衛は笹本康平や欣三にきき、新吾がいたので、「あなたは」

と、目を見張った。

「宇津木先生のおかげですよ」

欣三が経緯を説明した。

「しらを切っていますが、間違いはありません。これから、仲間の隠れ家に踏み込み、残りの連中を捕まえてきます」

笹本康平が言うと、「よし、俺が改めて取り調べる。板吉と寛吉殺しを見ていた者もいる。しらを切らせねえよ」

と、半兵衛が応じた。

あとを半兵衛たちに託し、笹本康平と欣三らは新吾の案内で、鳥越神社の近くにある冬二とおきんの家に向かった。捕方の小者たちもいっしょだった。

おきんは冬二たちが捕まったとは想像もしていなかったので、欣三たちが家に押しかけると恐れあわてててわめき散らした。

「おきん。じたばたするねえ」

欣三が雷鳴《らいめい》のような声で一喝すると、おきんはへなへなとしゃがみ込んだ。二階にはふたりの男がいた。ふたりともいかつい顔をしていた。

新吾はふたりを見て、すぐに気がついた。

「いつぞや、私を襲ってきたひとたちですね」

と、新吾が言うとふたりとも構えた匕首をおろした。

「冬二も時蔵も大番屋だ」

欣三が言うと、ふたりは観念した。

「浪人は？」

新吾はきいた。

「私を襲った浪人はどこにいるのですか」

「『山平屋』の旦那が金で雇った。失敗したからお払い箱になったぜ」

ひとりが顔を歪めながら言った。

「古着屋に押し入ったのもおめえたちだな。板吉と寛吉を殺したのもおめえたちか」

欣三が確かめる。

「違う。冬二兄きと時蔵のふたりだ」

もうひとりが青ざめた顔で喋った。

「よし、この連中は南茅場町《みなみかやば》の大番屋に連れて行け」

笹本康平が大声で言う。

「宇津木先生。どうにか間に合った」

欣三がほっとしたように言った。死ぬ前に、おその仇、そして寛吉の仇が討てたという安堵感が表情に表れていたが、喘ぐような息が死期が迫っていることを物語っていた。そして、もうひとり、死神と闘っている男がいた。

三

八月に入って、空は高く澄み、萩《はぎ》が咲き、すだく虫の音にも秋の盛りを感じていたが、新吾はまたひとの世の秋の切なさを味わっていた。

数日前から食べ物も受け付けなくなった権太が昨夜からさらに悪くなり、いよいよ最期を迎えようとしていた。

「権太さん。しっかりしてくれ」

権太の世話をしていた亀助が枕元で呼びかける。

「亀助。ちゃんと生きて行くんだぜ」

権太が力のない声で言う。体は衰弱していたが、頭ははっきりしていた。そして、モルヒネの投与で、痛みはさほどないようだ。

「いやだ。権太さんがいなきゃ、俺は……」

亀助は泣き声だ。

「いいか。俺がいなくても、ちゃんと生きて行くんだ」

一時は権太の励ましによって亀助から死神が離れたかに思えたが、権太の死期が迫るにつれ、亀助の様子がおかしくなっていた。

おしんの話では、権太さんが死んだら俺もあとを追いてえと呟いていたという。これには幻宗も当惑を隠せなかった。

新吾も、亀助がこんな状態になっているとは知らなかった。

権太は安らかな死を迎えようとしていた。

幻宗が権太に話していた言葉が蘇る。

「そなたは精一杯生きている。最期の最期までちゃんと生きようとしている。死が迫っているのに、そなたは自棄になったりしない。与えられた命を大事にしている。わしだったら、うろたえ、周囲のものに当たりしらし、周囲から顰蹙を買うに違いない。そういう心持ちでいられるのは、そなたがお天道様に恥じない生き方をしてきたからだ」

そう幻宗は権太に話していた。

権太の生き方は患者に勇気を与える。そして、自害を図った亀助に生への望みを持たせた。

権助に亀助を世話させたのは正しかった。そして、いよいよ権太が寝たきりになって、今度は傷の癒《い》えてきた亀助に面倒をみさせた。

それが、意外なことに悪い方向に行ってしまった。思った以上に、亀助は権太に寄り添ってしまったようだ。

権太を失ったあとの亀助の動揺が心配になるほどだった。

権太は目を周囲に向けた。誰かを捜しているのか。

「権太さん」

亀助が権太の手を握りしめた。三升もおしんも、入院中の患者の賄いをしていた近所の婆さんや手伝いの女たちも枕元に集まり、権太に別れを告げた。

権太の目がある一点で止まった。その先に幻宗の顔があった。権太は幻宗を捜していたようだ。

権太はもう一方の手をかすかに動かした。幻宗はそばに座り、その手を摑んだ。

「権太。よく今まで頑張った」

幻宗が声をかける。

「先生。苦しい」

権太が口を開いた。

「権太。じきに楽になる」

幻宗が突き放すように言った。

その瞬間、権太の目がかっと見開いた。

「いやだ、死ぬのはいやだ。死にたくねえ。助けてくれ。先生、助けてくれ。怖い。いやだ、助けてくれ」

「権太。よく頑張った」

幻宗が権太の手をしっかり握って叫ぶ。

「助けてくれ。死ぬのはいやだ。死にたくねえ」

権太は亀助に握られている手を引っ込めた。どこにそんな力が残っていたかと思うような素早さだった。

「権太さん」

亀助が茫然として言う。

権太の絶叫が途絶えた。恐怖に引きつったような表情のまま、権太は静かになった。

幻宗が脈をとり、瞳孔を調べた。

「臨終だ」

幻宗が言った。

亀助は表情を強張らせたまま権太の死に顔を見ていた。

幻宗に尊敬していると言わしめたほど、静かに死を迎え入れようとしていた権太が最期にあのようにうろたえて混乱したことに、新吾は驚きを禁じ得なかった。モルヒネの影響があったのかどうかわからない。だが、きっと安らかな死を迎えるであろうと思っていた権太の最期の異常な姿は新吾にも衝撃だった。亀助は泣くことさえ忘れ、ただ茫然としていた。

翌日、権太の弔《とむら》いが終わり、施療院に引き上げた。

弔いには新吾と三升が参列し、幻宗は患者を診ていた。

最後の患者が引き上げたあと、新吾と三升は揃って幻宗のそばに行き、滞《とどこお》りなく葬式が済んだことを告げた。

「先生。ひととは弱いものなのですね」

新吾は口にした。

まだ、権太の最期の姿が脳裏から離れない。おそらく、権太の場合は頭がはっきりしていたことが災いしたのかもしれない。

体の衰弱とともに頭の働きも鈍くなっていけば、安らかに死ねたはずだ。なぜ、天は権太のようないい人間にあのような死に方をさせたのか。天はあまりにも残酷だと、新吾は言った。

しかし、幻宗はそれには答えず、「亀助はどうしていた?」

と、きいた。

「基吉さんが一生懸命なぐさめていました」

「権太はよく頑張った」

幻宗はまた同じことを言っただけだった。

新吾は施療院をあとにした。

その後、欣三の様子はわからなかった。また、山平屋忠兵衛がどうなったのか、押込み一味の探索は進んでいるのか、皆目わからなかった。

永代橋を渡り、家に帰り着いた。

部屋に入ると、順庵がやって来て、難しい顔で、「どうもおかしいのだ」と、いきなり言った。

「おかしい？」

「漠泉さまのお屋敷だ」

「おかしいとは？」

「香保どのの結納はとっくに終わっているはずだ」

「そうですね」

結局、新吾は香保を助けることは出来なかった。幻宗の施療院を捨てて、栄達の道に入ることはとうてい無理だった。

貧しい医者の妻になるより、なに不自由ない暮らしをしたほうが香保にとっても仕合わせに違いない。そう思ったのだ。

すでに結納が終わり、あとは祝言を挙げるのを待つだけだろう。そうなれば、香保の気持ちも変わる。

新吾が香保を忘れようとしていたところに、順庵が香保の名を口にした。

「きょうお祝いに上がったが、漠泉さまは外出されて、まだお帰りではなかった。香保どのにもお会い出来なかった」

「結納のあと始末で忙しいのでしょう」

「いや」

順庵が首を横に振った。

「なんですか」

「お春に祝いの品を預けていこうとしたら、妙なことを言うのだ」

「妙なこと？」

「結納はまだだという」

「結納がまだ？」

「そうだ。お春の話も要領を得ない。もどかしい思いで帰って来たのだが、どうも気になる。何かあったのではないか」

「何かと言いますと？」

「それがわかれば苦労はない。何かだ」

「……」

何かあったのではないか。順庵がそう感じたのには理由があろう。何か気になった。

新吾は立ち上がった。

「ちょっと行って来ます」

「うむ、そうしてくれ」

新吾は刀を持って家を飛びだした。


木挽町の漠泉の屋敷にやって来た。

格子戸を開けて奥に向かって呼びかけると、女中のお春が出て来た。

「まあ、新吾さま」

「夜分にすみません。香保どのはいらっしゃいますか」

「それが……」

お春が言いよどんだ。

「何か」

「旦那さまといっしょにお出かけになり、まだお帰りではありません」

「どこにお出かけなのですか」

「わかりません」

「何時ごろお出かけに？」

「昼過ぎです」

「昼過ぎから今まで……。お春さん、香保どのは結納を交わしたのですか」

「いえ……」

「どうして？」

「わかりません。ただ」

「ただ、なんですか」

「ただ、なんだか、旦那さまはあわてていらっしゃいました」

「あわてていた？」

いったい何があったのか。

結納をまだ交わしていないのはそのせいなのか。

「お春さん。お帰りになるまで待たせてもらっていいでしょうか」

「えっ？　でも……」

「叱られたら私が謝ります。私は漠泉さまから、いつでも書斎の本を見ていいという
許しを得ているのです」

「わかりました。では」

「すみません」

新吾は腰から刀を外し、右手に持ち替えて上がった。
書斎に通されて待った。いつもなら、棚にある書物に目が行くのだが、そのような
ゆとりがなかった。
結納を交わす日からだいぶ経っている。結納が出来ない何かが起こったのか。どう
いうことが起きたのか想像もつかなかった。
新吾はじりじりしながら待った。ときたま、お春が顔を覗かせ、まだ帰って来ない
と告げた。
五つを過ぎた。お春はかつてこのようなことはなかったと言う。胸騒ぎがした。だ
んだん、よほどの異変が起きたのではないかと思われてきた。
漠泉と香保が帰って来たのは、それから四半刻後だった。
お春から聞いたのか、香保が書斎に入って来た。
「香保どの」
新吾は窶《やつ》れた感じの香保に声をかけた。
「新吾さま。お待ちくださったのですか」
新吾の前に腰をおろして言う。
「はい。いったい、何があったのでしょうか」

「いろいろと」

香保は俯いた。

「結納はどうなさいましたか」

「……」

「香保どの」

「結納は取り止めになりました」

「えっ、どういうことですか」

「いろいろあって、先方から取り止めたいと言ってきました」

「どうしてですか」

「……」

香保はさらに俯いた。

「あなたは結納が取り止めになったことが悲しいのですか」

新吾は憤然と言う。

「いえ、違います。結納が取り止めになったことはほっとしています。でも」

「でも、なんですか」

新吾は膝を進めた。

「いろいろな事情が」

「その事情を教えてください」

「わしから話そう」

突然、襖が開いて漠泉が顔を出した。

「香保。向こうに行っていなさい」

「はい」

香保は新吾に一礼をして書斎を出て行った。

漠泉は新吾の前に腰を下ろした。

その表情は翳《かげ》が差したように暗かった。ときには傲岸と思えるほどに自信に満ちていた漠泉が一回り小さくなったような気がし、新吾は衝撃を受けた。

新吾から問いかける前に、「結納は桂川甫賢どののほうから取り止めると言ってきた」

と、漠泉は厳しい顔で切り出した。

「なぜ、ですか」

新吾は身を乗り出した。

単なる婚約云々の話ではない。何か重大なことが背景にある。そんな気がした。

「何があったのですか」

もう一度、新吾はきいた。

「高橋景保どののことだ」

あっと、新吾は声を上げそうになった。間宮林蔵の顔が脳裏を掠めたのだ。

「桂川家が結納の当日になって延期したいという使いを寄越した。そして、きょう、桂川家に呼ばれ、破談を言われた」

「その理由が高橋景保さまにあるのですか」

「そうだ。高橋景保どのが御法度の日本地図をシーボルトに見返りとして渡したことが明るみに出たのだ。いずれ、高橋景保どのは捕まる。そして、そのことに手を貸した疑いでわしにも奉行所の手が伸びるということだった」

漠泉は苦しそうに顔を歪めた。

シーボルトは教えを施す場合、必ず見返りを求める。その中には国外持ち出しご法度のものもあるという。

しかし、どうしてそのことがわかったのか。シーボルトの屋敷を探索しなければ見つからないはずだ。疑いだけで、シーボルトの屋敷を探索出来るとは思えない。

「桂川家が誰からその知らせを聞いたかは教えてくれなかったが、その動きがあるのは間違いない」

「上島さまは関わっていらっしゃるのでしょうか」

「関わっていない」

漠泉はきっぱりと言った。

「わしと景保どのの関係、また、わしがシーボルトに会っていた事実から、疑いをかけられるのは避けられない」

「そんな……」

「だが、調べればわしが関係していないことはすぐわかる。だが、桂川家は関わりになるのを恐れて香保との縁組をなかったことにしたのだ」

「身を守るためですか。汚い」

新吾は吐き捨てた。

「大きな動きが出るのはこれからだ」

漠泉は眉根を寄せた。

「大きな動き？」

「土生玄碩どのもやられるという」

「玄碩さまはいったい何をシーボルト先生に？」

「わからん。ただ、この前も言ったように、知識に貪欲《どんよく》なお方だ。見返りを用意してでも、新しい知識を得ようとするだろう」

土生玄碩は幻宗の金主ではないかと言われている人物だ。その玄碩にもしものことがあれば、幻宗の施療院も影響を免れまい。

「これからどうなるのでしょうか」

「わからない。ただ、わしへの疑いがかかれば……」

漠泉はふと気がついたように、「もし、わしに万が一のことがあったら、香保のことを頼む」

と、頭を下げた。

「もちろんです。必ず、私が香保どのを守ってみせます」

「この通りだ」

漠泉は頭を下げた。かつての傲岸さはどこにも見られなかった。

四

八月の半ば。その日の早朝、新吾は義母に起こされた。

「漠泉さまからお使いです」

「使い？」

かつてないことだった。新吾は飛び起きた。

順庵があわてた様子でやってきた。

「使いの方は？」

「帰った。漠泉さまから新吾に急の呼び出しだ」

「わかりました。行ってきます」

新吾は着替えて、木挽町に出かけた。

やっと町木戸が開いたばかりだ。朝の早い豆腐屋が店を開き、棒手振《ぼてふ》りが行き交う町中を急ぐ。

江戸橋を渡る。魚河岸のほうから威勢のいい声が聞こえる。早朝から働きだしているひともたくさんいる。

急な呼び出しがシーボルト絡みであろうことは察しがつく。何か進展があったのか。

シーボルトは帰国することになっているはずだが……。

新吾は木挽町の漠泉の屋敷に駆けつけた。

香保が迎えに出て、新吾を客間に通した。漠泉と差し向かいになっている侍を見て、新吾はおやっと思った。

「津久井さま」

南町定町廻り同心の津久井半兵衛だ。

漠泉が半兵衛の母親の病気を治したことから、半兵衛は漠泉を恩人として敬《うやま》って
いるということだ。

「先日はどうも」

半兵衛は会釈をした。

忠兵衛や冬二たちは小伝馬《こでんま》町の牢屋敷に送られ、いまは吟味与力《ぎんみよりき》による詮議がはじ
まっているという。

欣三は冬二が獄門になるのを見届けなければ死ねないと、幻宗のところに顔をだし
て治療を受けている。

「新吾どの。津久井どのが知らせにきてくれたのだが……」

深刻そうな顔で口を開いた漠泉があとを言いよどんだ。

「私から」

半兵衛が顔を向けた。

「先日、長崎を襲った嵐により港に停泊していた和蘭《オランダ》船が座礁したそうです。その船

の積荷からたいへんな品物が見つかりました」

「たいへんな品物？」

「日本地図や葵の紋の入った羽織。日本地図は高橋景保さまよりシーボルトに贈ったもの、葵の紋の入った羽織は土生玄碩さまが将軍家より拝領の品。いずれも国外持ち出し禁止のものです」

新吾は啞然とした。

「このことを受けて、長崎奉行はシーボルトの屋敷に探索をいれ、数々の品物を押収したよし」

半兵衛は息継ぎをし、「シーボルトには日本の内実を探る使命を帯びた間諜《かんちよう》の疑いがあり、勘定奉行の支配の下、大目付から奉行所まで動かし大々的な探索に入ることになりました。このことを、漠泉さまにお伝えしようと朝早く参ったのです」

「……」

新吾はまだ衝撃から声が出せなかった。

「探索の対象は、シーボルトの『鳴滝塾』の塾生、長崎の地役人、さらにはシーボルトが江戸にきたときに関わった者たち。それだけでなく、高橋景保さま、土生玄碩さまに近しい者たち」

「『鳴滝塾』の塾生もですか」

　吉雄権之助に師事をしていたが、ときたま『鳴滝塾』には通っていたのだ。塾生には顔なじみが多い。

「わしはシーボルトには会っていないが、高橋景保どのとは懇意にしており、その関係から調べを受けるかもしれないと忠告しに来てくれたのだ」

　漠泉がため息をつく。

「それでは私は引き上げます。どうか、私が知らせにきたことは内密に」

　半兵衛は新吾にも頼んで引き上げた。

「変ではありませんか」

　新吾は疑問を口にした。

「うむ？」

「津久井さまのお話ですと、嵐で座礁した和蘭船からご禁制の品が見つかったということですが、先日、その話はすでに桂川甫賢さまのほうから出ていたのではありませんか」

「そうだ。探索は以前から間宮林蔵どのによって続けられていた」

「座礁した船は関係ないのですね」

「そうだ。座礁した和蘭船からご禁制の品が見つかったということから探索がはじまったように装いたいのだ。事実、大目付や奉行所にはそういう理由で探索の命令が出ている」

「つまり、間宮さまの内密な調べではなく、あくまでも偶然に発覚したという形にしたいのですね」

「そういうことだ」

漠泉は難しい顔で答えた。

「景保さまとの関わりで、上島さまもお調べを?」

「であろうな。だから、桂川さまは香保との件を破談にしてきたのだ」

桂川甫賢は事前に知っていた。それで、火傷を負わないように上島家との縁を断った。

「汚い」

新吾は思わず吐き捨てた。

「そんなことで破談にするなんて……」

やりきれない怒りに、新吾は声を震わせた。

「幻宗先生にも影響が及ぶでしょうか」

「土生玄碩どのと関わり、江戸に来たシーボルトにも会っている。間宮林蔵どのがどのような調べの内容を勘定奉行に知らせているかだが……。ただ」

漠泉は眉根を寄せた。

「土生玄碩どのは将軍家拝領の羽織を差し出したという。お咎めは免れまい。玄碩どのが失脚したら幻宗どのも困るのではないか」

幻宗の金主と目される玄碩が失脚すれば、施療院はやっていけなくなる。その心配が現実のものになるかもしれない。

「今後、景保どの取り調べがはじまれば、わしも影響を受けよう」

「どうなりましょうか」

「わからぬ。ただ、景保どのにしても玄碩どのにしても私利私欲のために品物を差し出したのではない。新しい知識を得ることでわが国にとって大きな利益が得られると考えてのこと。お慈悲があると思う」

だが、漠泉の表情は暗かった。

「何かご心配ごとでも？」

「うむ。わしが取り調べを受ければ、この医院はその間、停滞するだろう。間諜に与《くみ》したという噂が立てば患者は去って行く」

「いや。金持ちはそうだ。権威のあるところに近づいていく。だが、いったん、落魄《らくはく》すれば寄りつかない」

「でも、疑いが晴れたら」

「いや。これで、わしの奥医師への目もなくなったろう」

「どうしてですか。そんなことで奥医師への道が断たれてしまうのですか」

「所詮、栄達とははかないものだ。幻宗どののやそなたのような生き方こそ、本来の姿かもしれぬ。今さら気づいても遅いが」

漠泉は自嘲《じちょう》ぎみに言ったが、表情を引き締め、「いや、遅くはない。香保を誤ったところへ送りださずに済んだことでよしとしなければなるまい」

と、自分に言い聞かせるように呟いた。

漠泉は手を叩いた。やがて、襖が開き、香保が現われた。

「入りなさい」

漠泉が言う。

「はい」

香保が素直に入って来て、漠泉の横に座った。

「まさか」

「香保。これから、父は大きな波に呑み込まれよう。これからは表御番医師上島漠泉の娘だといって、いい気になっては暮らせなくなる。その覚悟でいてくれ」

「はい」

香保は固い表情で頷く。

「新吾どの。香保を頼む」

「お任せください。香保どのを必ずお守りいたします」

「頼んだ」

漠泉は立ち上がった。

ふたりを残して部屋を出て行った。

「香保どの」

「待って」

香保が冷めた声で制した。

「父の言葉をお聞きになったでしょう。私はもう上島漠泉の娘ではありません。ただの町医者の娘です」

「お父上には申し訳ありませんが、私にとっては喜ばしいことでございます。香保どのがただの町医者の娘になられたことで、私は堂々とあなたを……」

新吾は言いさした。

「なんですの？」

香保はきっと見つめてきく。

「私は堂々とあなたを嫁にもらうことが出来ます」

「……」

香保からは何の反応もなかった。

新吾は唖然とした。てっきり、喜んでくれるものとばかり思っていたのに、香保は顔色ひとつ変えない。

「新吾さま」

香保は静かでかつ強い声で呼んだ。

「はい」

「私は父の言うがままに桂川家に嫁に行こうとした女です。そして、先方から一方的に断わられた女でもあります。そんな女を嫁にもらおうなど情けないとは思いませんか」

「思いません。あなたが最初からただの町医者の娘だったら、私ははじめて会ったときにも嫁にしようと決めたと思います」

「……」

「私はあなたを嫁にするのは、栄達と富を得るためだと思われたくなかったのです。幻宗先生のように貧しいひとの役に立つ医者になりたいと思っていました。ですから、漠泉さまのような医者を否定していました。でも、漠泉さまのお話を聞くうちに、少し考えも変わって来ました。ひと言でいえば、漠泉さまと幻宗先生がいっしょになったらとても素晴らしい医者になるだろうということです。そういう意味ではあなたはただの町医者の娘ではありません。私が尊敬する医者のひとり、上島漠泉の娘です」

「新吾さま」

香保の表情が歪んだ。そして、俯いた。やがて、肩先が細かく震えた。

「香保どの」

「すみません。うれしいのです」

香保は顔を上げた。目尻が濡れているのを見て、新吾は胸が切なくなるほどいとおしさが募《つの》った。

気がついたとき、新吾は香保のそばに行き、肩を抱き寄せていた。

いったん、漠泉の屋敷から家に帰り、順庵にシーボルトのことを話し、あとを順庵に任せて家を飛びだした。

永代橋を渡り、常磐町二丁目にある幻宗の施療院に駆け込んだ。

「あら、新吾さま。きょうはこちらにいらっしゃる日ではありませんのに」

おしんが不思議そうに言う。

「幻宗先生に急用なんです」

「そうですか。もうすぐお昼の休憩になります」

おしんに台所で待つように言われ、下男と下女、それに手伝ってくれる近所のひとたちが立ち働いている姿を見ていると、幻宗がやって来た。

「幻宗先生、先日、長崎を襲った嵐により港に停泊していた和蘭船が座礁し、その船の積荷から日本地図や葵の紋の入った羽織が見つかり、たいへんな騒ぎになっているそうです。高橋景保さまや土生玄碩さまが取り調べを受けるそうです」

「そうか」

幻宗は気難しい顔で答えたが、あまり驚いた様子ではなかった。

「先生は今日のことを予期していらっしゃったのですか」

「……」

返事はない。

「土生玄碩さまが罪に問われたら、この施療院への影響はどうなのでしょうか」

「心配ない」

「でも……」

「そなたも、玄碩どのが金主だと信じているのか。どうせ、間宮林蔵が口にしたのであろうが、あの男とて勘違いしている」

「勘違いですか」

「そうだ。勘違いだ」

「この件につき、大目付や奉行所を動かして大々的に探索を進めるようです。影響はここには及びませんか」

「気にするな」

「でも」

「わしらは目の前にいる病人を治すことに専念すればよい。そなたも飯を食え。飯を食ったら、欣三親分のところに行く」

女中が昼飯を運んで来た。握り飯だ。

食い終えてから、新吾は幻宗といっしょに出かけた。

道々、何度か話しかけても、幻宗は答えてくれなかった。もともと、必要なこと以外は喋らないひとだった。

欣三の家に着いた。住み込みの婆さんが迎えに出た。

欣三は坪庭に面した部屋で寝ていた。障子が開けてあり、庭から風が入ってくる。

「宇津木先生」

欣三は目を開けた。

「欣三親分。いかがですか」

「この間、おそでが夢に出て来ました。あっしに何度も頭を下げていました。礼を言ってくれているんです」

「そうですか。よかったですね」

「ええ。十二年は長かったですがね。これも、宇津木先生のおかげです。もう、思い残すことはありません。冬二が獄門になるのを見届けられなかったのは残念ですが、そこまでは贅沢ってもんです」

「痛みはどうだ?」

幻宗がきく。

「へえ、腹がしくしくします。でも、堪えられねえ痛みじゃありません」

「そうか」

「幻宗先生。ひとの一生なんて短いもんですねえ」

「それだけ精一杯生きてきたんだ」

「そうですねえ。でも、もうじき嬶《かかあ》にも会えるし、寛吉にも会えると思うと、死ぬのは怖くねえ」

「そんなに口をきいて疲れないか」

幻宗が心配してきく。

「なんだか気分がいいんですよ。宇津木先生の顔を見て、おそでの仇を討ったことを思いだしたせいですかねえ。ほんとうに気分がいいんです」

「それはよかった」

幻宗は厳しい顔で言う。

「笹本の旦那が知らせてくれたんですが、冬二と時蔵はすっかり観念して自白したそうです。忠兵衛はまだしらを切っていますが、悪あがきでしかありません。冬二と時蔵が忠兵衛のことをすっかり話したそうですからね」

「そうか。なら、もう安心だ」

「忠兵衛はとんでもねえやろうです。競争相手の古着屋に冬二らを使って押し込ませ、その得意先や仕入れ先などを横取りしやがったんだからな」

「親分はいつから御用の仕事をしてきたんだね」

幻宗がきく。

「二十五のときです。それまでは、どうしようもねえ、悪《わる》だったんですがね。黒門の富蔵という親分にとっ捕まったんですが、慈悲深い親分でね、あっしを堅気にして御用の仕事を手伝わせてくれました。三十過ぎてから、笹本の旦那から手札をもらい、深川で親分と呼ばれるようになったんです」

「じゃあ、黒門の富蔵親分は恩人だな」

「へえ、恩人です」

「まだ、達者なのか」

「へえ。隠居して娘夫婦に引き取られて王子《おうじ》のほうで暮らしています」

「どうだ、疲れないか」

「まだ、だいじょうぶです」

「かみさんとはどこで知り合ったんだ？」

「それが富蔵親分の世話なんです」

「そこまで恩があるのか」

「そうです。三年前に嬶が死んだとき、富蔵親分は葬式に来てくれました。そうだ、あっしが死んだら、富蔵親分に知らせてくださいませんか。思い残すことなく、死んでいったと伝えてくだせえ」

「よし、伝えよう。どうだ、痛みは？」

「へえ、ちょっと堪えられねえぐらいに痛みが……」

欣三は苦しそうに訴えた。

「よし、今薬をあげよう」

幻宗は阿片から抽出した痛み止めのモルヒネを取り出した。それは死期の迫った患者の痛みを抑えるために使っていた。

モルヒネを飲んでから、欣三はやがて寝息を立てはじめた。

「あれだけ一生懸命喋ったのだ。かなり、体力を使ったろう」

幻宗は欣三を見守るように見て言う。

どうして、あんなに喋らせたのですか、と新吾がきこうとしたとき、まるで予期していたかのように、幻宗が答えた。

「欣三は喋りたかったのだ。だから、思い残すことなく喋らせた。いずれ、頭は朦朧として、自分が口にしたこともわからなくなる。自分の言葉で喋れるのは最後かもしれない」

幻宗と新吾は外に出た。

「あと、どのくらいでしょうか」

油堀から仙台堀に向かう途中、新吾はきいた。

「あと二、三日だろう。場合によっては、今夜かもしれぬ」

「今夜……」

新吾は欣三の死に目に立ち会いたいと思った。

「今夜から、欣三さんのところに泊まり込んでよろしいでしょうか」

新吾はきいた。

「医者としてか、それとも私事でか」

「……」

「医者としてならいざというときに呼ばれていけばよい。その間にも、他の急患が出る場合もある。医者はひとりの患者の死にうろたえてはならぬ」

「はい。権太さんの最期を思いだし、そばにいてやりたいと思っただけです」

権太は死の直前、目を見開いて叫んだ。

「いやだ、死ぬのはいやだ。死にたくねえ。助けてくれ。先生、助けてくれ。怖い。いやだ、助けてくれ」

死を受け入れ、なすがままに安らかに死んでいくと思った権太が最期は見苦しいまでの醜態を見せた。いや、醜態ではない。あれが人間なのだろうと、新吾は思った。同じように死を受け入れている欣三がどのような最期を見せるのか、医者としても知っておきたいと思った。

「権太はよくやった。立派だった」

幻宗が表情を変えずに言う。

「先生はあのときもそう仰いました。どうしてですか」

「……」

幻宗は答えず、そのまま仙台堀にかかる上ノ橋を渡った。

そして、すぐに左に折れた。

「先生、そっちでは」

「ついて来い」

幻宗は勝手に仙台堀沿いを急いだ。新吾はわけもわからずついて行く。

伊勢崎町に入ると、普請場が現われた。新しい家の屋根に瓦職人が乗っている。その普請場の前で、幻宗が立ち止まった。

幻宗は屋根を見上げた。おやっと思った。屋根にいた瓦職人は基吉だった。そこに肩で瓦を何枚も担ぎ、颯爽《さっそう》と梯子《はしご》を上がって行く若い職人を見た。

「あっ、亀助さん」

新吾は思わず声を上げた。

瓦を基吉に渡したあと、亀助はこっちに気がついて顔を向けた。白い歯を見せて、会釈をした。

生き生きとした表情だ。

「権太はよくやってくれた」

独り言のように、また幻宗は呟いた。

「先生、もしや、権太さんの最期のあがきは……」

「帰ろう」

幻宗は引き返した。

あわてて、追いかけて、新吾は幻宗に並んだ。

「権太さんの見苦しい最期は先生が権太さんに？」

「権太はよくやってくれた。あのまま、権太が安らかに死んでいったら、また亀助はおかしくなる。権太もそれをわかっていた」

「じゃあ、先生が権太さんに頼んだのですか」

「……」

「亀助さんはそのことを知っているのですか」

「知らぬ。誰も知らぬ」

「じゃあ、無様《ぶざま》な最期だったという不名誉が権太さんにつきまとうではありませんか。せめて、亀助さんにはほんとうのことを……」

「必要ない」

「でも、それじゃ権太さんがあまりにも可哀そうではありませんか」

「権太の死に顔を見たか。自分ではつまんない生涯だったと言っていたが、なんと安らかで、神々しい顔であったか。権太は最期に人助けをした。さっきの亀助の元気で働いている姿をどこかで見ているはずだ。誰かから褒められようとしてやっているのではない。亀助から感謝されたくてやったことでもない。このままでいいんだ。ただ、権太のほんとうの姿をひとりでも知っている人間がいれば……」

幻宗は珍しく饒舌《じょうぜつ》になった。

「医者は無力だ。どんなに医術が進歩しても、死に対して何も出来ない。出来るのはいかにいい死に方をさせるかだ。私はそれだけを心がけている」

新吾は幻宗から学ばなければならないことは医術以外にもたくさんあることを改め

て感じていた。

五

ひと月後、新吾は漠泉の屋敷に赴いた。

シーボルト事件で、高橋景保、土生玄碩らが取り調べを受けて、そして、上島漠泉も何度も評定所に呼ばれた。

漠泉の疑いは景保から預った地図をシーボルトに届ける仲介をしたという疑いだった。

評定所から屋敷に帰った漠泉は窶れた表情で、「シーボルトの屋敷から見つかったのは地図や葵の紋の入った羽織だけではなく、わが国に関するあらゆるものだったそうだ」

と、口を開いた。

「シーボルトは間諜で、わが国のことを調べていたようだ」

「まさか、シーボルト先生が間諜だなんて」

新吾は信じられなかった。

「香保、よくきけ」

漠泉が香保を見て言う。

「その真偽はともかく、シーボルトはいろいろなものを集めている。わが国のことを調べていた。その間諜に持ち出し禁止の地図を渡したことは、理由はともかく高橋景保どのに言い逃れは出来ぬ。困ったことに、地図だけではなく、江戸城内地図も渡っていた」

「江戸城内地図ですって」

「そうだ。なぜ、シーボルトがそのようなものを欲するのか」

シーボルトの知識欲には凄まじいものがあった。日本のことを貪欲に知ろうとしていた。しかし、江戸城内地図がなぜ必要なのか。

「景保どのの屋敷からは『世界周航記』が見つかったそうだ。シーボルトからもらったものだ。シーボルトとの品物のやりとりを解明するために、景保どのの弟子などが軒並み調べられ、わしにもその疑いがかかっている」

「吉雄忠次郎《ちゆうじろう》さまはどうなのでしょうか」

吉雄忠次郎は長崎遊学の折りの新吾の師権之助の甥《おい》である。ふたりは傑出した人物と並び称された。忠次郎は高橋景保を補佐するために江戸に招聘《しようへい》されたのである。

「もちろん、無事ではすむまい。シーボルトの通詞を務めている。品物のやりとりにも当然関わっているでな」

「長崎にいる吉雄権之助さまはどうなのでしょうか」

「『鳴滝塾』の塾生は何人も捕まったそうだが、吉雄権之助どののことは聞いていない」

「……」

「何がなんでも景保どのを罪に陥れようとしている力が働いている」

「なぜ、こんなことに」

新吾は憤然となった。

「わからぬ。間宮どののことを疑いたくはないが、すべての発端は間宮どのの密告からはじまっていることは間違いない」

漠泉は表情に苦悩が滲んでいた。

「いずれ、この屋敷や財産は没収されるやもしれぬ」

「まあ」

香保は息を呑んだ。

「そこまで行きましょうか」

新吾は口をはさんだ。

「わからぬ。だが、覚悟をしておいたほうがよい」

漠泉はふっと吐息をもらし、「母上の実家に移るのだ」

と、言った。

「上島さまにお咎めがあるなんて納得いきません」

「桂川甫賢どのの話では、奥医師の漢方医たちがこの件を利用して蘭方医や蘭学者を貶めようとしているということだ」

「漢方医……」

いつぞや、間宮林蔵が本所界隈の漢方医の中心にいる松木義丹という御目見医師の家を訪れていた。

林蔵の背後に、漢方医がいるのだろうか。

「この件を利用しようとする輩《やから》が蠢《うごめ》いているのだ」

漠泉は深刻そうな顔で言った。

「土生玄碩さまのほうは？」

「ただでは済むまい」

「まさか、幻宗先生にも影響が及びましょうか」

「いや。玄碩どのと幻宗どのの結びつきはさほど深いものではなかろう。その点は心配ないが、もし金主だとしたら幻宗どのにとっては困ることになろう」

やはり、行き着くところは金主のことだ。

新吾は香保といっしょに屋敷の外に出た。

「香保どの。もし、よかったら、私の家に来てください。部屋は空いています」

「はい。でも、父がたいへんなときですから、出来る限り母といっしょにいたいと思います」

「わかりました。では、また」

香保と別れ、新吾は帰途についたが、幻宗のことが気になってならなかった。

翌日の昼過ぎに、新吾はいつものように幻宗の施療院に向かった。

欣三親分が亡くなってひと月が経とうとしていた。幻宗と新吾がふたりで訪れた翌日の昼過ぎ、笹本康平や米次に看取られて最期を迎えた。

最期の言葉が、「板吉、すまなかった。許してくれ」だったと、米次が言った。欣三はつ並びの黒子の男と欣三が間違えたことから板吉が殺される羽目になったのだ。欣三はそのことを気にしていたのだとはじめて知った。

しかし、そのことがきっかけで本物の三つ並びの黒子の男、冬二があぶり出されたのは間違いない。

永代橋を渡り、佐賀町から仙台堀に差しかかると、上ノ橋を渡って来る胴長短足の暗い感じの男を見た。

薬売りの多三郎だ。幻宗のところの帰りだろう。間宮林蔵は、その男が土生玄碩の使いで、施療院に金を運ぶ役目を負っていると見ていた。

新吾に気づいて、多三郎が足をゆるめた。暗い顔の表情には変化がなかった。軽く会釈をして、すれ違おうとした。

「多三郎さん」

新吾は声をかけた。

多三郎は足を止めた。

「ちょっとよろしいですか」

「はあ」

新吾は橋の袂から大川のほうに足を向けた。多三郎は当惑したようについてきた。

立ち止まって、新吾は多三郎に顔を向けた。

「多三郎さん。あなたは土生玄碩さまのところに出入りなさっているとお聞きしましたが、ほんとうですか」

「ええ、薬を納めております」

「シーボルト先生の件はご存じですね」

「はい」

「玄碩さまはいまはどうなっているのでしょうか」

「蟄居《ちっきょ》なさっております」

「見通しはどうなのでしょうか」

「さあ、私にはわかりません」

「幻宗先生に影響はどうでしょうか」

「なぜ、私に？」

多三郎が不思議そうにきいた。

「玄碩さまが幻宗先生の金主だという噂があります。もし、そうなら幻宗先生の施療院は困ったことに……」

「幻宗先生は何と仰っておいでですか」

多三郎は冷静にきき返す。

「心配ないと」

「それなら、そうなのでございましょう。もし、玄碩先生から金が出ていたとしたら、いまは大変なことになっているはずです。それがないのは、違うからでしょう。幻宗先生を信頼なさることです。では、私は」

多三郎は去って行った。

新吾は改めて施療院に向かった。

施療院は相変わらず大勢の患者であふれていた。そういえば、新しい医者が来るといいながら、いっこうに来る気配がない。

その日の診療を終えたあと、新吾は濡縁で疲れをとっている幻宗に近づいた。

「先生。よろしいでしょうか」

「うむ」

「シーボルト先生に絡む騒動のことで、高橋景保さま、補佐役の吉雄忠次郎さま、土生玄碩さまら大勢に累《るい》が及びそうです。吉雄権之助さまのことが心配でなりません」

「権之助どのはだいじょうぶだ」

幻宗は静かに言う。

「安堵しました」

幻宗はあわててはいない。やはり、土生玄碩が金主ではなかったようだ。だとしたら、施療院を支えている金はどこから出ているのか。その疑問を口にすることは出来なかった。代わりに、新吾はきいた。

「新しい医者が来るということでしたが、いまだ見えません。どうかなさったのでしょうか」

「来ることになっていたのはシーボルトどのの『鳴滝塾』の塾生だった。だが、こんどの件で、長崎に留め置かれている。塾生にも災いは及んでいるようだ」

「先生」

おしんがやって来た。

「お客さまです。先生をお訪ねになって」

「誰だ?」

「吉雄権之助さまに聞いてきたと仰っておいででした」

「権之助さま」

今話題にしていた権之助の名が出て、新吾は驚くと同時に、客は長崎から来たのだと気づき、胸が騒いだ。

「空いている部屋にお通しして」

「はい」

おしんが去った。

「私も同席してよろしいでしょうか」

「いいだろう」

台所の脇の小部屋に、おしんは客を案内した。

新吾は幻宗とともに客人のところに赴いた。部屋には二十四、五歳の細面で額が広く、眼光鋭く、頭の切れそうな顔だちの男が待っていた。埃《ほこり》だらけの旅装である。

「あっ、高野長英《たかのちょうえい》さま」

新吾は驚いて声を上げた。相手もまた目を見開いていた。

「幻宗先生、シーボルト先生の『鳴滝塾』の高野長英さまです」

新吾は幻宗に話した。

高野長英は幻宗に向かい、「高野長英にございます。長崎奉行の手の者が押しかける前に『鳴滝塾』から逃げ出し、吉雄権之助先生から江戸深川の幻宗先生を頼るように言われました」

「権之助どのから文は？」

「いえ、預っていません」

「そうか。で、塾生はほとんど捕まったのか」

「残念ながら。幻宗先生、私をしばらくここに置いてください。お願いいたします」

「先生。私からもお願いいたします。高野長英どのは『鳴滝塾』で塾頭を任されたほどのお方です」

新吾は頭を下げた。

「診療を手伝ってもらえるか」

「もちろんでございます」

「では、今宵からここで暮らすがよい。部屋は三升といっしょだ」

手を叩き、幻宗はおしんを呼び、きょうからここに住むことになったと言い、「三升の部屋に案内してさしあげろ。高野どの、お話は落ち着いてから承《うけたまわ》ろう」

「はい」

「どうぞ」

「失礼します」

おしんのあとについて、高野長英は部屋を出て行った。

「権之助どのに言われたというのは嘘だ」

「えっ？　あっ、文がなかったことですか」

「そうだ。権之助どのは必ず文を持たせる。それに、そなたがここにいることを知らなかった。権之助どのは必ず話すはずだ。おそらく、ここで働くことになっていた者から聞いていたのだろう」

「先生」

「心配はいらぬ。あの男は本物だ。施療院を手伝ってもらえれば助かる」

「はい」

高野長英はシーボルトから認められた秀才だ。そんな人間といっしょに働けると思うと、新吾は胸が躍《おど》った。

今後、シーボルト事件の結着がどうなるかわからないが、香保とのこといい、高野長英とのことといい、新吾は新しい何かがはじまるようなときめきを覚えていた。

本作品は書き下ろしです。

双葉文庫

こ-02-18

蘭方医《らんぽうい》・宇津木新吾《うつぎしんご》
奸計《かんけい》

2015年8月9日　第1刷発行

【著者】
小杉健治《こすぎけんじ》

【発行者】
赤坂了生
【発行所】
株式会社双葉社
〒162-8540 東京都新宿区東五軒町3番28号
［電話］03-5261-4818(営業)　03-5261-4840(編集)
www.futabasha.co.jp
(双葉社の書籍・コミックが買えます)
【印刷所】
大日本印刷株式会社
【製本所】
大日本印刷株式会社
【CTP】
株式会社ビーワークス

【表紙・扉絵】南伸坊
【フォーマット・デザイン】日下潤一
【フォーマットデジタル印字】恒和プロセス

落丁・乱丁の場合は送料双葉社負担でお取り替えいたします。
「製作部」宛にお送りください。
ただし、古書店で購入したものについてはお取り替えできません。
［電話］03-5261-4822(製作部)

ISBN978-4-575-66737-0 C0193
Printed in Japan